절망의 끝에서
세상에 안기다

〈버자이너 모놀로그〉 이브 엔슬러

절망의 끝에서
세상에 안기다

암을 치유하며 써내려간 용기와 희망의 선언

이브 엔슬러 지음 | 정소영 옮김

자음과모음

토스트와 루,
그리고 콩고의 여성들을 위하여

자신의 몸으로부터 떨어져 있다면,
또한 세상의 몸으로부터 떨어져 있는 것이다.
그때 세상은 당신이 속한 살아 있는 연속체가 아닌
당신과는 다른, 별개의 존재로 보일 테니까.

—필립 셰퍼드, 『새로운 자아, 새로운 세상』

차례
SCANS

일러두기

본문의 각주는 옮긴이의 주다.

떠나고 떨어져 나오는 삶

아기의 몸이 맞닿은 엄마의 몸에 장소가 생겨난다. 당신이 여기에 있음을 말해주는 장소다. 이렇게 당신의 몸에 맞닿은 몸이 없다면 장소도 없다. 나는 엄마를 그리워하는 사람들이 부럽다. 혹은 어떤 장소를 그리워하거나 가정이라는 것을 아는 사람들이. 내 몸에 맞닿은 몸이 없었으므로 내게는 어떤 간극, 구멍, 허기가 생겨났다. 이 허기가 내 삶을 결정지었다.

　나는 내 몸으로부터 추방되었다. 아주 어렸을 때 거기서 튕겨져 나왔고, 길을 잃었다. 아기를 낳지 않았고 나무를 두려워했다. 대지가 나의 적이라고 느꼈다. 숲 속에 살아본 적이 없었다. 하늘도 노을도 별도 볼 수 없는 콘크리트 도시에서 살았다. 나는 엔진의 속도로 움직였는데 그건 내 호흡보다도 빨랐다. 그렇게 나는 나 자신과 대지의 리듬과 동떨어져 살았다. 그렇게 이질적인 정체성을 극대화하고 검은 옷을 입고는 우쭐해했다. 내 몸은 짐이었다. 그것은 내가 운

나쁘게도 지고 가야 하는 어떤 것이었다. 몸의 요구를 견딜 수가 없었다.

내 몸에 맞닿은 몸이 없었으므로 애착은 관념적일 수밖에 없었다. 나 자신의 몸이 탈구脫臼되어 편하게 쉬거나 안착할 수 없었다. 당신의 몸에 맞닿은 몸을 통해 보금자리가 생겨난다. 나는 가정에서 자란 것이 아니라 일종의 분노와 맹렬함의 자유낙하 속에서 자랐고, 그렇게 해서 끊임없이 움직이는 삶, 떠나고 떨어져 나오는 삶을 살게 되었다. 그 때문에 어떤 시점에 이르자 술과 섹스를 끊을 수 없게 된 것이다. 사람들이 계속 나를 만져주기를 바라게 된 것이다. 그것은 섹스의 문제라기보다는 자리를 찾는 문제였다. 당신의 몸이 내 몸에 밀착하거나 내 안으로 들어오는 그때, 나를 내리누르거나 들어 올릴 때, 당신이 내 몸을 타고 앉아 당신의 무게를 느낄 수 있을 때, 그때 나는 존재한다. 여기 있는 것이다.

수년 동안 다시 내 몸으로 돌아가기 위해, 다시 대지로 돌아가기 위해 노력했다. 당신에게는 집착으로 보일 수도 있었을 것이다. 대지와 내 몸에서 기쁨을 느끼기는 했지만 그것은 거주자로서가 아닌 손님으로서였다. 온갖 방법으로 돌아가려고 해보았다. 문란한 성생활, 거식증, 행위 예술. 아드리아 해의 해변과 버몬트 주의 푸른 산에서 지내보기도 했지만, 엄마와의 관계처럼 언제나 소원함을 느낄 뿐이었다. 엄마는 놀랄 만큼 아름다웠지만 그 안으로 들어갈 길을 찾을 수 없었다. 엄마의 젖가슴은 나를 먹인 젖가슴이 아니었다. 엄마가 머리를 뒤로 감아올리고, 딱 달라붙는 상의에 레깅스를 입고는, 노란 컨버터블* 자동차를 몰고 작지만 부유한 우리 마을을 달려갈 때면 모든 사람이 경탄해마지않았다. 아예 넋을 잃고 바라보기도 했고 엄마를 가지고 싶어 하기도 했다. 그래서 나도 대지와 엄마를 넋을 잃고 바라보았고, 가지고 싶어 했다. 그리고 엄마의 몸과 다른 내 몸을 경멸했다. 아빠가 그 안으로 밀고 들어와 더럽혔을 때 내가 비워낼 수밖에 없었던 내 몸. 그래서 나는 계속 내달리고 성취하도록 프로그래밍이 된 숨 가쁘고 탐욕스러운 기계가 되어 살았다. 내 몸이나 대지에 뿌리 내리고 살지 않았기 때문에, 살 수 없었기 때문에, 내 몸과 대지의 고통도 느낄 수 없었다. 내 몸과 대지가 꺼리거나 싫다고 할 때를 눈치챌 수 없었고, 당연히 어느 만큼이면 이제 된 건지도 절대 알 수 없었다. 의욕이 넘쳐흘렀던 것이다. 그러면서 열심히 바쁘게 사는 거라고, 모든 걸 주관하며 일의 성과를 내는 것이라고 자만했다. 하지만 사실은, 멈출 수가 없었던 것이다. 멈춘다는 것은 곧 분리와 상실, 자살과도 같은 뒤틀린 상태로 굴러떨어지는 것이었으니까.

내 몸을 판단할 기준점이 없었기 때문에 다른 여성들에게 그들의 몸에 대해, 특히 그들의 질(질이 중요하다는 사실은 감지했으니까)에 대해 물어보기 시작했다. 그렇게 해서 『버자이너 모놀로그The Vagina

---

* 지붕을 접었다 폈다 할 수 있는 승용차.

Monologues』를 쓰게 되었고, 때문에 다시 끊임없이 집요하게 질에 대해 이야기하게 되었다. 사람들이 많이 모인 자리에서 질에 대해 이야기했다. 그렇게 질에 대해 아주 많이 이야기한 결과, 여성들이 자신의 몸에 대해 내게 말해주기 시작했다. 나는 비행기를 타고, 열차를 타고, 지프를 몰고 세상을 누비고 다녔다. 폭력과 고통에 시달린 다른 여성들의 이야기를 갈구했다. 이 여성들과 소녀들 또한 자신의 몸으로부터 추방당했고, 그들 역시 집으로 돌아가는 길을 찾기를 간절히 바랐기 때문이다. 60개국 이상을 돌아다녔다. 잠자리에서 들볶이는 여성, 부르카^{burqa}*를 입은 채 매질당하는 여성, 부엌에서 산酸을 뒤집어쓴 여성, 죽은 줄 알고 주차장에 내팽개쳐진 여성의 이야기를 들었다. 잘랄라바드와 사라예보, 앨라배마, 포르토프랭스, 페샤와르와 프리스티나에 갔다. 난민촌의 불에 다 타버린 건물과 마당에서, 손전등만 켠 채 자신의 이야기를 조용히 나누는 어두운 방에서, 많은 시간을 보냈다. 그녀들은 발목의 밧줄 자국, 녹아내린 얼굴, 온몸에 생긴 칼과 담뱃불 자국을 내게 보여주었다. 성생활을 할 수 없거나 아예 걷지 못하게 된 경우도 있었다. 어떤 이들은 입을 다물고 사라져버렸고 다른 이들은 나처럼 미친 듯이 돌아가는 기계가 되었다.

그다음에는 다른 곳으로 갔다. 내가 알고 있는 세상 밖으로 나간

---

* 이슬람 여성들의 전통 복식. 머리에서 발목까지 덮는 통옷 형태로 이루어져 있다.

것이다. 콩고에 갔고, 그곳에서 지금까지의 모든 이야기를 산산조각 낼 만한 이야기를 들었다. 2007년, 콩고민주공화국의 부카부Bukavu에 내렸다. 내가 들은 이야기들이 몸 안으로 치고 들어왔다. 거대한 몸집의 남자가 그것을 밀어 넣어 오줌을 질질 흘리고 다니게 된 여자아이. 군인들이 강간을 하면서 다리를 머리 위로 밀어붙여 다리가 부러지고 그 다리가 관절에서 뜯겨 나온 여든 살의 노파. 그런 이야기들이 수없이 많았다. 그 이야기들이 나의 세포와 신경으로 스며들었고 잠을 잘 수 없게 되었다. 모든 이야기가 한데 뭉쳐 피를 흘리기 시작했다. 이 땅의 능멸, 광물의 약탈, 질의 파괴, 그 모든 것은 서로 다르지 않았고 나와 동떨어진 이야기가 아니었다.

콩고는 거의 13년 동안 극심한 전쟁에 시달리고 있다. 800만 명에 달하는 사람들이 죽었고 여성 수십만 명이 강간과 고문에 시달렸다. 콩고인들의 것이지만 다른 나라들이 약탈해간 광물을 두고 벌어지는 경제 전쟁이다. 르완다와 부룬디, 우간다 등의 지역 민병대와 외국 민병대가 마을에 들어와 학살을 일삼았다. 남편이 보는 앞에서 부인을 강간하고, 남편과 아들을 협박해 딸과 누이를 강간하게 만들었다. 가족을 욕보이고 파탄 내고는 마을과 광산을 접수했다. 콩고에는 광물이 아주 풍부한데, 주석, 구리, 콜탄 등은 우리가 쓰는 휴대폰과 플레이스테이션, 컴퓨터 등에 사용된다.

물론 콩고에 도착했을 즈음 이미 나는 이 지구의 구석구석에서 벌어지는, 여성에 대한 폭력이라는 전염병을 충분히 목격했다. 그러나 나는 콩고에서 몸의 종말, 인류의 종말, 세계의 종말을 목격했다. 군대와 기업은 광물을 확보하기 위해 여성 학살, 조직적 강간, 고문, 여성과 여자아이 말살을 전술로 이용하고 있었다. 여성 수천 수만 명이 자신의 몸으로부터 추방되었을 뿐만 아니라 몸과 몸의 기능, 몸의 미래가 형편없이 망가졌다. 자궁과 질이 영원히 파괴된 것이다.

콩고와 그곳 여성들이 개별적으로 겪은 무시무시한 이야기는 나를 완전히 집어삼켰다. 거기서 나는 우리의 미래를 보았다. 광물과 부를 위해 여성 전체를 말살하는 일을 묵인할 뿐만 아니라 조장하기까지 하는 지구적 분열과 탐욕이라는 가공할 만한 미래의 모습. 그러나 다른 것 역시 발견했다. 이 형언할 수 없는 폭력의 이야기 안에, 콩고의 여성들 안에, 지금까지 본 적 없는 불굴의 투지와 생명력 또한 있었다. 그 여성들은 품위 있고 매사에 감사하며, 맹렬하면서도 기꺼이 일을 했다. 이 극악무도한 잔혹 행위가 벌어지는 세계 안에서 이글거리는 에너지가 막 태어나려는 참이었다. 여성들에게는 갈망과 꿈, 욕구와 비전이 있었다. '환희의 도시'라는 어떤 장소를, 그 개념을 생각해냈다. 그곳은 그들의 안식처가 될 것이다. 안전한 치유의 장소, 다시 기운을 차리고 함께 모이는 장소, 고통과 심리적 외상을 풀어놓는 장소가 될 것이다. 자신의 기쁨과 능력을 선언할 수 있는 장소, 스스로 지도자로 일어설 장소가 될 것이다. 브이데이V-day*에 나의 팀과 위원회는 함께 환희의 도시의 건설을 도

* 여성 폭력을 없애기 위한 세계적 운동.

울 자원과 에너지를 구하는 일을 맡았다. 유니세프와 함께 건설 작업을 하고 브이데이 이후에는 그것을 지원할 방도를 찾을 계획이었다. 건설 과정은 매우 험난했고 불가능해 보이기까지 했다. 잦은 비에 도로 시설과 전기는 부족하고, 건설 책임자들은 부패했는데 유니세프의 감독은 소홀한 데다 비용도 점점 늘어나 일은 계속 늦어졌다. 예정에 따르면 5월에 문을 열 예정이었는데, 2010년 3월 17일 내 자궁에서 커다란 암세포가 발견되었다.

암은 분리의 창문을 지나 내 몸이 겪는 위기의 한가운데로 나를 집어 던졌다. 콩고는 이 세계의 위기 속 깊이 나를 집어 던졌고, 질병과 직면하자 이 두 경험은 하나로 합쳐졌다. 내가 느낀 것은 종말의 시작이었다.

불현듯 내 안의 암세포는 모든 곳에 있는 암이 되었다. 잔인함의 암, 탐욕의 암, 화학공장 하류에 사는 사람들의 몸속으로 들어온 암, 광부들의 폐 안에 자리 잡은 암. 원하는 만큼 이루지 못한 스트레스 때문에 생긴 암, 꾹꾹 눌러놓은 심리적 외상에서 생긴 암. 좁은 우리 안의 닭과 기름에 전 물고기 안에 사는 암. 부주의함의 암. 성공하고―가지고―피우고―소유해야만 하는 '포르말린 석면 살충제 염색약 담배 휴대폰' 급변하는 세상 속의 암. 내 몸은 이제 관념이 아니었다. 사람들이 몸을 절개하고 관을 그 안에 연결하고 주머니 딸린 도관이 액체를 빼내고 주삿바늘에 피멍이 들고 피가 흘렀다. 나는 피였고 똥, 오줌, 고름이었다. 화끈거리고 헛구역질 나고 고열에 시달리며 기운을 잃어갔다. 나는 몸을 가진 존재였고, 몸 안에 있었다. 몸이었던 것이다. 몸. 몸. 몸. 비정상적으로 분열되는 세포의 질병인 암은 나를 갈라놓았던 벽을 없애고 나를 내 몸 안에 내려놓았다. 콩고가 나를 세계의 몸 안에 내려놓은 것처럼.

암은 변화를 만들어내는 연금술사였다. 오해하지 말기를. 암을 옹호하려는 것이 아니다. 이 병이 주는 고통을 너무나 잘 알고 있으니까. 지금 이 순간 내가 살아 있도록 한 모든 의학적 진보에 감사한다. 매일 아침 눈을 뜨면 내 몸통 전체에 걸친 수술 자국을 손으로 쓸어내리며, 이 병을 내 몸에서 제거한 의사들과 외과의들에 대해 경탄해마지않는다. 컴퓨터 X선 단층촬영 기계와 화학치료를 받을 수 있는 곳에서 내가 살았고 보험 덕분에 비용을 지불할 수 있었음을 겸허히 인정한다. 이 세계를 살아가는 사람들 대부분은 그런 혜택을 전혀 받지 못한다. 콩고의 여성들이 참혹함 속에서도 지니고 있던 힘과 아름다움, 환희 덕분에 내가 자기 연민에 빠지지 않을 수 있었다는 점에서 특히 그들에게 감사한다. 그들의 지속적인 기도 역시 내 목숨을 살렸다. 심지어 고작 20년 전이었더라도 달랐을 텐데 어떻게 2012년에 이런 일이 생겼는지 참으로 놀랍다. 그것이 언제가 되었든 예전이었다면 쉰일곱 살에 생을 마감했을 것임을 감사히 인정한다.

『암: 만병의 황제의 역사 The Emperor of All Maladies』라는 책에서 싯다르

타 무케르지는 "한 조각씩 맞춰나가다 보면 각 조각의 몇몇 흐릿한 화소가 모여 큰 그림을 이루는, 상호적이고 누적되는 과정으로 과학이 종종 묘사된다"라고 말했다. 그렇다면 과학도 컴퓨터단층촬영, 그러니까 몸의 둘레를 돌면서 이미지를 찍는 3차원 자기磁氣 전자빔과 그리 다르지 않은 것이다. 이미지는 각각 분리되어 있지만, 어쨌든 기계는 그것이 하나인 것처럼 보이게 하니까.

이 책은 내 몸속을 돌아다니며 이루어진 검사인 단층촬영과도 같아서, 모두 내 몸 안에서 시작된 이미지와 경험, 생각, 기억을 잡아낸 것이다. 왠지 모르게 스캐닝을 통해서만 이 이야기를 할 수 있었다. 절개하고, 관을 집어넣고, 화학치료를 하고, 약을 넣고, 찌르고, 구멍 뚫고, 기구를 넣어 조사하고, 포트를 박는 일은 전통적 서술 방식으로는 불가능했다. 암을 선고받고 나면 시간 자체가 변한다. 미친 듯이 지나가다가는 또 완전히 멈춰버리기도 한다. 모든 건 빨리 일어났다. 7개월. 인상들. 장면들. 빛줄기. 스캔 이미지.

종말의 시작, 간 속의 검은 점

무뚝뚝한 의사 션이 나의 컴퓨터 단층촬영 사진을 들어 올린다. 그러자 그것은 바로 형편없는 내 성적표이거나 더러운 속옷, 콩고의 지도가 된다. 암이 생길 수 있는 모든 자리가 광산이다. 그는 여전히 그것을 들고 있고 나는 그의 지시봉이 움직이기를 기다린다(그는 이미 의사 가운을 입고 있다).

"이것이, 당신의 몸이지요. 보시다시피 자궁과 결장, 직장에 덩어리가 있는 것 같습니다. 결절 여기저기에 어두운 부분이 있고 간에도 무엇인가 있어요."

"무엇이라니요?"

대체 무엇이 내 간 속에 있다는 말인가? 숟가락? 포커용 칩? 앵무새? 내 간 속에 무엇이 있을 수 있다는 말인가?

"점들이 있잖아요. 물혹일 수도 있어요. 간혹 간에도 물혹이 생기니까요."

헉, 내 간에 물혹이?

"분명 뭔가 있어요. 하지만 안에 들어가보기 전에는 알 수가 없죠."

그가 말한다. 안에 들어가? 내 간 안에? 안에 들어가보기 전까지는 내가 간암인지 알 수가 없다고?

"그래서 뭔가를 발견하면 어떻게 되는 건가요?"

내가 묻는다.

"그건 발견해봐야 알 수 있죠."

안 좋은 소식이다. 최악의 소식. 내 생애 최악의 날이다. 내가 곧 죽을 거라는 이야기를 들은 날이니까. 심장이 걷잡을 수 없이 뛴다. 간이라면 나도 안다. 간이었구나. 알코올의존증에 빠졌던 적이 있다. 알코올의존증에 여러 번 걸렸던 사람과 살았던 적이 있다. 그는 간경변증에 걸리기 직전이었다. 그래서 간에 대해서 안다. 간이 일단 망가지면 이야기는 끝나는 거다. 간 없이 살 수는 없으니까. 하지만 내 간은 치료될 수 있었다. 술을 끊은 지 벌써 34년이 다 되었고 담배를 끊은 지는 20년이 되었다. 나는 채식주의자이고 사회활동가다. 감정은 거리낌 없이 표현하고 섹스도 엄청나게 많이 해왔다. 근력 운동도 하고 어디든 걸어 다니는데, 내 간 속에 무언가가 있단다. 맙소사, 내 간 속에 무언가가 있다니.

그러더니 곧 진정이 되며 차분해진다. 아빠가 나를 매질하기 직전에 느꼈던 것과 같은 차분함. 차분하다. 공포에 질리지 않았다. 나는 죽을 것이다. 이것이 종말의 시작이다. 그러자 드디어 그해 내내 나를 사로잡았던 느낌을 이해하게 되었다. 우울함이 아니다. 아니, 나는 우울했던 게 아니다. 내가 계속 살 수 없으리라는 이 기이한 명료함/예감. 그 느낌이 너무 강해서 계속 죽음에 대해 이야기하면서 죽음과 화해하려 했다. "내가 이번 여행 중에 죽더라도 괜찮아"라고 종종 말했다. "지금까지 잘 살았으니까." 이 이야기를 하도 많이 해서 아들 녀석이 자신의 정신과 의사에게 이야기하기까지 했다. 걱정했던 거였다. 내가 죽지 않았으면 했고, 더 중요하게는 내가 곧 죽을 것처럼 이야기하는 일을 그만뒀으면 했다. 정신과 의사는 내가 분쟁지역에서 해온 일들 때문에 완전히 진이 빠지고 정신적 외상과 우울증에 시달린다는 식으로 이야기했다. 하지만 나는 알 건 아는 사람이고 그래서 최근에 계속 내 몸속의 죽음을 감지했던 것이다. 나는 공포에 질리지 않았고 심지어 나 자신이 불쌍하지도 않다, 전혀. 나는 아주 놀라운 삶을 살았으니까.

내가 원했던 바로 그런 삶이었다. 내가 원하는 일을 하며 살았다. 세상을 다니며 보았다. 아들을 깊이 사랑했고, 그의 아이들 그리고 내 친구들을 사랑했으며 사랑도 받았다. 연극 대본을 썼는데, 여러 사람에게 그것이 의미가 있었고, 여성들을 도울 수 있었다. 나로서는 그러했다. 사무실을 나서며 나는 절친한 친구이자 조력자이자 매니저인 토스트에게 차분히 말한다.

"내일 콩고로 갈 거야. 마마 C에게 내가 언제 도착하는지 알려줘야 해."

토스트는 정신 나간 게 아니냐는 듯 나를 본다.

"뭐라고?"

다시 말한다.

"콩고로 간다고. 간에 암이 생겼대. 의사 이야기 들었잖아. 단층 촬영 사진도 봤잖아. 간암은 곧 죽는다는 이야기야. 그곳 여성들을 봐야겠어. 콩고에서 그들과 함께 있어야 한다고. 거기서 행복하게 죽을 거야."

그가 말한다.

"콩고에는 못 가. 내일 아침에 수술이야. 여기 있어야 한다고. 수술을 할 거라고."

내가 말한다.

"갈 거야."

그가 말한다.

"못 가."

"가."

"아니, 못 가."

마치 우리가 고래고래 소리를 지르는 듯했지만 분명 그건 아니었을 거다(토스트와 나는 8년 동안 서로에게 고함 지른 적이 없다). 마치 서로를 붙잡고 씨름이라도 하는 듯했지만 그건 아니었을 것이다.

"간다고, 간다고, 콩고에 간다고. 환희의 도시를 위해 거기 가야 해. 약속했으니까 지켜야지."

그가 말한다.

"정확히 간에 암이 있다고 이야기한 게 아니잖아. 그냥 점 같은 게 있다 하잖아."

"그건 돌려서 하는 말이야, 토스트. 종양이라고 차마 말을 못 하는 거지. '간에 딱딱한 악성종양 덩어리가 보여요'라고는 말을 못 한다고. 그래서 점이 보인다는 거지. 무슨 바보 같은 말이야, 점이라니. 점이라는 이야기를 입에 올리는 것도 바보 같아. 왜 단도직입적으로 말을 못 해? 왜 사실을 사실대로 이야기 못 하냐고? 나는 사실을 원해."

그러고 나서 우리는 구르듯이 (정말 굴렀는지는 모르겠지만) 암 마을의 암 병동 복도로 들어섰고, 비리비리해 보이는 의자를 발견하고는 거기 앉아 목 놓아 울었다.

감정이 풍부한 의사 뎁

뎁과는 그저 전화 통화만 했을 뿐이었다. 그녀는 놀랄 만치 감정이 풍부한 목소리를 가지고 있었다. 처음에는 좀 당황스러웠다. 오랜 경험에 따라 의사는 거리감이 있고 범접할 수 없는 존재라고 예상하게 되니까. 거리감은 어떤 훈련이나 전문성을 함축하는 것이다. 피가 철철 흐르는 몸을 보며 정신을 못 차린다거나 환자의 강박증에 동화되지 않아야 하니까. 우리는 이렇게 가슴과 머리의 분리가 꼭 필요하다고 믿도록 교육받았다. 그것이 우리를 보호해줄 어떤 것이고, 우리를 텅 빈 공허로부터 지켜줄 어떤 마술적 보호막이 그 초연함에 담겨 있다고 말이다. 사실은 그 반대임을 이제는 안다. 처음 뎁과 이야기했을 때 그녀가 매요 클리닉의 의사라는 사실을 믿을 수가 없었다. 그녀는 콩고의 여성들과 소녀들이 겪는 잔혹 행위와 강간에 관해 내가 쓴 글을 읽고 전화를 했고, 통화하며 울었다. 목이 메어 거의 말을 할 수 없을 정도였다. 그녀는 "그들을 돕기 위해 뭐든 하고 싶어요. 뭘 할 수 있을까요? 할 수 있는 일이 뭘까요?"
라고 물었다.

　이쯤에서 콩고에 대한 이야기를 할 필요가 있을 것 같다. 어디서
부터 시작해야 할지 모르겠다. 무엇이 되었든 시작된 지점을 알기
는 어렵다. 암도 그렇듯이.

　뉴욕 시에 있는 뉴욕대학교 법학대학에서 의사 무퀘기를 만
난 그날이었을까? 어느 방(분명 작은 교실이었을 텐데)에 걸어 들어
갔더니 새카만 피부의·키 큰 남자가 의자에 앉아 있었던 그날? 상
냥함, 헌신, 배려, 크고 유능한 외과의사의 손, 그의 에너지, 침착함
과 초연함에서 그의 아름다움이 어우러져 나왔다. 눈은 먼 곳을 보
고 있었는데 악몽과 슬픔으로 핏발이 서 있었다. '잘생겼다'는 건 맞
는 말이 아니고, '카리스마 있다'는 것도 너무 손쉬운 표현이다. 이
제 와서 보니 가장 정확한 말은 '좋은 사람'일 것이다. 그날 밤, 청중
500명을 앞에 두고 무대 위에 앉아 그와 대담을 하던 그때 내가 마
주했던 사람은 지구에서 가장 잔혹한 일이 벌어지는 곳에 살던 사
람이었다. 산부인과 의사로 13년 동안 매일같이, 침략당하고 점령
당하고 약탈당한 나라의 찢기고 적출되고 피투성이인 자궁을 고치
고 치료하는 일을 해야 했던 사람이었다.

　아니면 그건 내가 처음 부카부에 갔을 때, 밝은 색깔의 화려한
아프리카 옷을 입은, 믿을 수 없을 만큼 멋지고 훤칠한데 하이힐을
신어 더 커 보였던 여전사 크리스틴, 마마 C를 만났을 때였을까? 나
를 위해 통역을 하면서 생존자들을 만나러 다니는 길을 안내했던

그녀의 상처받은 쓰라린 마음이자 그녀의 힘이었을까?

아니면 자신들의 이야기를 해주기 위해 판지^{Panzi} 병원의 방 밖에서 며칠 동안 모여 있던 살아남은 여성들이었을까?

여성들이었다. 당연히 그건 그 여성들이었다. 몸을 떠는 여성, 우는 여성, 사지가 절단되고 자궁을 잃어버린 여성, 얼굴과 팔다리에 칼자국이 있는 여성, 목발을 짚고 절뚝거리는 여성, 강간범의 피부색을 타고난 아기를 안은 여성, 질과 방광, 직장 사이에 구멍이 생겨 배설물을 질질 흘리는 바람에 똥오줌 냄새가 나는 여성. 10달러로 잘나가는 사업을 일궈낸 재미있고 열정적이고 총명하고 열렬한 여성들. 그들은 걸을 수 없을 때는 춤을 췄다. 미래를 송두리째 빼앗겨버렸을 때는 노래했다.

무퀘기와 마마 C, 여성들과 콩고. 콩고를 잊지 말자. 반짝거리는 연푸른색의 키부^{Kivu} 호수, 몸을 감싸는 향기롭고 따뜻한 아프리카의 공기. 풍성한 초록색의 키 큰 나무와 아주 밝은 오렌지색과 분홍색 꽃, 그리고 새. 어떻게 해볼 수 없이 재잘대는 아침의 새들. 콩고와 관련해 나는 구제불능이었다.

뎁은 판지 병원의 무퀘기를 도와주기 위해 매요 클리닉에서 자신의 팀을 데려오겠다고 했다. 활동가로서 나는 이 일이 가능하도록 그녀를 도왔다. 그녀는 내 의사가 아니었고 나는 그녀의 환자가 아니었다. 그 누구의 환자도 아니었다. 나는 활동가였고 결코 아프지 않았다.

어느새 내가 그녀에게 전화를 걸고 있다. 그녀가 전화를 받는다. 숨을 쉴 수가 없다. 작은 목소리로 겨우 말한다.

"종양을 발견했어요. 아주 커요. 이미 퍼져서 결장 한쪽까지 들어갔어요. 어디서 시작된 건지 아직 확실하지 않대요. 자궁일 수 있대요. 저 좀 도와줄 수 있을까요?"

그녀가 말한다.

"비행기 타고 이리로 와요. 당장요."

달콤하고 안락한 기면증

암의 초기 징후에 대한 내 반응에는 수동적일 뿐 아니라 명백히 자학적인 것이 있었다. 마치 멀리서 내 몸을 바라보는 동떨어진 관찰자가 된 듯한 일종의 체념이 나를 사로잡았다. 기면증이란 단어가 계속해서 머리에 떠올랐다. 반쯤은 깨어 있고 반쯤은 잠이 든, 알면서도 알려고 하지 않는 상태. (기면증: 극도로 위험한 상황에 처해 스스로 만들어내는 최면 상태, 반 정도의 의식이나 한쪽 발을 저쪽 세상에 걸친 채 이쪽 세상에서 부분적으로 떠나 있는 일종의 자기 분열 상황. 기면증: 계속 충성할 것인가 수치를 감수할 것인가, 변할 것인가 죽을 것인가 같은 극단적인 도덕적 선택 사이에 놓여 있을 때 나타나는 마비 현상.)

내 인생 초반의 많은 부분을 이렇듯 비몽사몽 상태에서 보냈다. 그 상태에서는 한밤중에 아빠가 내 침대로 찾아올 때마다 시달렸던, 엄마를 배신했다는 뒤틀린 고통과 마주하지 않아도 되었다. 내가 세상에서 가장 사랑하는 사람이 나를 이용하고 강간하고 학대한다는, 그 말도 안 되는 미친 상황의 의미를 이해하려고 노력할 필요도 없었다. 어떤 갈등도 정말로 일어나는 것이 아니므로 어느 것도 겪지 않아도 되었다. 사실 우리가 다 이런 식이다. 기후변화를 생각해보자. 초기 징후가 이미 다 나타나고 있다. 폭염이 오래가고, 해수면이 상승하고, 홍수가 발생하고, 빙하가 녹고, 봄이 빨라지고, 산호초가 폐사하고, 전염병이 퍼지고 있다. 모든 게 우리 눈앞에서 벌어지고 있다. 생리가 중단된 지 5년 만에 갑자기 질에서 흘러나온 피라든가, 이상하게 불룩해진 배, 심한 소화불량과 경미한 메슥거림처럼 말이다. 그리고 배설물에 피가 섞여 나왔는데, 치질이 아님을 알면서도 치질이기를 바랐다. 변기 속의 붉은 소용돌이, 즉 나의 종말이 가까웠다는 분명한 표식을 얼마 동안 뚫어지게 보았다. 당연히 알았으니까. 우리도 모두 알고 있다. 친한 친구에게 말을 했다. 뭔가 문제가 있다고. 배설물의 크기나 모습이 갑자기 바뀌고 가늘어졌을 때 뭔가 문제가 있음을 알았다. 내 안에서 뭔가 길을 막고 있는 듯한 느낌이었으니까.

알았으면서도 나는 어디로 갔던가? 왜 내 몸을 위해 싸우지 않았던가? 싸우려면 문제가 무엇인지 똑바로 알아야 했기 때문이다. 나는 그렇게 하지 않았기 때문이다. 마음 깊숙이에서, 싸워봐야 아무 소용도 없고 죽을 것이므로 지금 죽는 게 차라리 낫다고 생각했기 때문이다. 아프고 고통스러운 게 아주 신물이 나서 차라리 죽고 싶었기 때문이다. 나는 극도로 삶에 애착을 갖고 있었으므로 그저 그 애착의 정도를 참을 수 없었기 때문이다. 징후는 점점 늘어났다.

하지만 나는 아무 반응도 보이지 않았다. 아침에 일어나기가 싫었다. 우리는 모두 잠에서 깨려고 하지 않는 것이다. 이 끔직스러운 부인否認의 잠. 인간 종으로서 여기에 살 가치가 없다는 믿음이 바닥에 깔려 있기라도 한 것일까? 너무나 이기적이고 어리석고 잔인하고 탐욕스러워서 이 땅에 살 권리를 상실했다고 은밀하게 느끼고 있는 것일까?

아는 것이라고는 내가 너무 오래 기다렸다는 것뿐이다. 종양은 기세등등한 군대처럼, 대기 전체로 퍼지는 이산화탄소처럼 움직였다. 여기저기 건드리고 파괴하고 잠식하더니 이제는 너무 늦어버렸다. 나는 내 몸의 좋은 관리자가 되지 못했다. 심기를 건드릴까 봐 두려워서, 깜깜한 곳에 누워 아무 소리도 낼 수 없었다. 지금 무슨 일이 벌어지고 있다고 말하기가 두려웠다. 그러면 그게 현실이 되고, 환상은 모두 사라질 테니까. 책임을 져야 할 테니까. 만지면 안되는 곳을 지금 만지고 있잖아요. 이건 아니에요. 이건 근친상간이에요. 그러면 나는 큰 소리로 아빠라고 부르게 될 것이었다. 아빠와 미래, 사랑, 안전, 인생 자체를 잃게 될 것이었다. 이 무리로부터 혼자 쫓겨날 것이었다. 예전 남자친구는 가족과 자존감 중에서 선택을 해야 한다고 말했다. 하지만 선택은 그보다 더 깊은 차원의 것이다. 그것은 깨어 있는 것과 비몽사몽인 것 사이의 선택이다. 정신을 바짝 차리는 것. 밀려오는 졸음, 종국에는 우리 모두의 죽음이 될 달콤하고 안락한 기면증에 굴복하지 않는 것.

복합의료단지, 로체스터

미네소타 주의 로체스터를 어떻게 설명할 수 있을까? 그곳은 본질적으로 암 마을이다. 매요 클리닉이라는 거대한 복합의료단지가 있어서, 거기서 일하는 사람이 3만 명이고, 마을의 다른 모든 사람도 그와 관련한 일을 하거나 물건을 공급한다. 로체스터는 '우리가 파괴한 지구'라는 공상과학적인 괴기스러운 미래에서 튀어나온 듯 보이면서 동시에 가장 평범한 미국의 중산층 마을이다. 친절의 화신이기도 한데, 좀 무서울 정도다. 거기 찾아오는 사람은 모두 자신이 병에 걸렸는지 알고 싶거나, 이미 병에 걸렸거나, 회복 중이거나, 병이 너무 깊어 곧 죽을 것임을 안다.

마을 전체가 마치 고통 완화 부서 같다. 식당의 여종업원은 슬픔 관련 상담자다. 주문한 햄버거를 가져다주고는, 아들이나 딸, 엄마나 아빠, 부인이나 남편 때문에 우는 당신을 위해 손을 잡아주는 것이다. 판매원, 청소부, 공항 셔틀버스 운전사는 모두 상처 입은 사람을 알아챈다. 거리 모퉁이마다 가발 가게가 있다. 어느 고급 식당에서는 링거가 부착된 휠체어에 앉아 저녁을 먹거나 식당 바깥 거리에서 몰래 담배 한 대를 피우는 사람을 볼 수 있다. 매리어트 호텔은 아프거나 아픈 게 아니기를 바라는 사람이 방마다 꽉 들어차 있다. 당신이 아직까지도 암에 대해서, 그리고 예를 들어 얼마나 많은 사람이 암에 걸리는지에 대해 부인하려고 든다면 여기가 부인의 종착점일 것이다. 이 병이 당신 몸에 불가피하게 찾아들 수밖에 없음을 받아들이기가 두려웠다면, 여기가 바로 '이런, 망할'의 순간이 될 것이다.

암 마을이 위안인지 공포인지 알 수가 없다. 미국의 모든 것처럼 그것은 거대하고 소비적이다. 나는 경계 태세를 취했다. 디즈니 월드에 가서 LSD에 취해 있던 일이 떠올랐다. 모든 게 순조롭게 잘 나가다 문득, 우리가 하나의 완벽하고 커다란 소비 거품 속에 들어 있고 여기서는 심지어 말똥이 땅에 떨어지기도 전에 작은 쓰레받기에 담긴다는 사실을 깨달았더랬다. 사람들이 행복하고, 행복하고, 또 행복하도록 불쾌함이란 불쾌함은 다 없애버리는 것이다. 마약에 취한 채 나는 내가 영원히 이 행복한 세계에 갇혀 빠져나오지 못할까 봐, 거기 들어가는 것만으로도 정신이 포위당할까 봐 공포에 질리기 시작했다. 내 생애 가장 최악이었던 LSD의 경험을 시작하던 그때, 플루토와 대피 덕*의 세계, 자동화되고 사지 절단된 애니메이션

---

* 　디즈니 월드와 워너 브러더스 만화의 주인공들.

의 세계에 저항하는 나의 불안에 감사했던 것을 기억한다.

그러나 나는 지금 로체스터에서 LSD에 취해 있는 게 아니었다. 암 진단은 너무나 뜬금없었을 뿐만 아니라 충격적이었기 때문에, 나는 나도 모르게 일종의 최면 상태에 빠져들었고, 균질화되고 위생 처리된, 무자크* 음악이 나오는 세계를 통과하며 베이지색의 단조로움이 나를 내리누르는 것에 차라리 감사했다.

* 상점이나 식당, 공항 등에서 배경음악처럼 내보내는 녹음된 음악.

환자의 위엄을 지켜주는 의사

세상에서 가장 잘생긴 의사가 내 엉덩이 쪽을 검사하러 들어온다. 거기지, 그럼 어디겠어? 나는 분명 말할 수 없이 놀라고 어쩔 줄 몰라 한다. 속옷을 발목에 걸친 채 테이블에 누워, 바로 이거구나 하고 생각한다. 끝이라는 건 이런 느낌이구나. 내 결장이나 직장이나 자궁에 끔찍한 종양이 있다는 걸 알고는 세상에서 가장 잘생긴 의사가 그것을 만져봐야 한다는 것. 땀과 구역질로 뒤범벅된 채 굴욕과 공포로 이미 나는 죽은 것이나 매한가지다.

테이블 위에서 몸을 웅송그리고, 그가 나를 보지 않기를, 그냥 사라져버리기를 바라다가는 동시에 그가 나를 바라봐주기를, 그래서 내가 여전히 인간일 수 있기를 바란다. 그때 검사 테이블에서 내 등과 벗겨진 엉덩이를 마주 보는 쪽에 있던 의사가 앞쪽으로 돌아와 내 눈을 보며 말한다.

"시작하기 전에, 당신이 여성들을 위해 해온 일과 당신이 쓴 모든 글, 그리고 이 세상을 더 나은 곳으로 만들기 위해 해온 일을 얼마나 존경하는지 말씀드리고 싶어요. 당신을 치료하게 되어 영광입니다. 최선을 다하겠습니다."

그 순간 나는 빗속에서 벌벌 떠는 작은 개를 낯모르는 사람이 구해주기라도 한 듯, 이후 전개될 모든 것을 견딜 수 있을 것 같은 느낌이 들었다. 그에게 내 몸을 안심하고 맡길 수 있을 것이고, 그가 내 목숨을 구해줄 것이 분명하다고. 환자들이 위엄을 지키게 하는 일이 얼마나 쉬운지 의사들은 생각도 못 할 것이다. 한 문장이면 되는 것이다. 테이블을 돌기만 하면 되는 것이다.

수술에 관해 우리가 모르는 것들

그것이 내 간에 있는지, 내 몸의 얼마나 많은 곳곳에 퍼져 있는지, 주머니를 달아야 될 것인지. 그러니까 인공 항문주머니 말이다. 그것을 평생 달고 있어야 할 것인지, 전부 다 찾아내서 없앨 수 있을 것인지.

당신이 깨어날 수 있을지, 그렇게 마취하고 절개하고 피를 흘린 뒤 안 좋은 반응을 보이게 될지 확실하지 않아요, 하고 그들은 말하지 않는다. 예전과 같은 상태로 회복될지, 반흔 조직이 생겨 피부 아래 생가죽이 있는 것 같을 때 그게 어떤 것일지, 수술 후 생길 수도 있는 농양을 당신이 얼마나 잘 처리할 수 있을지 알 수 없어요, 하고 말하지도 않는다.

자궁과 자궁경관, 난소가 없는 게 어떤 것일지 상상해보려 애쓴다. 내 질이 어디로 이어지게 될까? 직장과 항문이 어떻게 다른지도 몰랐다. 당신은 아는가? 나와 자궁이 붙어 있다는 것도 몰랐다. 한 번도 진지하게 생각해본 적이 없었으니까.

그들은 이렇게 말하지 않는다. 이렇게 엄청난 게 사라지게 될 거예요. 혹은, 질을 좀 잘라내야 할지도 몰라요.

그렇게 말하지 않아 다행스럽다. 간과 주머니만으로도 생각할 게 충분히 많고, 질에 생긴 암 때문에 죽는다는 건 생각만 해도 우라지게 기묘하고 역설적이니까.

당신들이 지금 제거하는 건 종양처럼 보이지만 사실은 살로 지어진 내 안의 기념비예요, 하고 그들에게 말하지는 않는다. 거대하고 둥그런. 여성들의 이야기로 자은 탄탄한 세포 실타래. 눈물과 소리 없는 비명, 흔들리는 몸통, 폭력의 특별한 외로움으로 만들어진. 야만성의 비밀에서 태어나 이야기의 끈으로 혈관을 삼은, 살을 가진 어떤 존재. 내 몸은 이 종양을 수년에 걸쳐 빚고, 고통의 조각들로 거푸집을 만들었다. 진흙으로 만든 기억의 잔해. 엄청난 일이었고 그래서 모든 게 동원되었다.

수술 전날을 뚜렷이 기억한다. 사랑하는 친구들이 내 방에 모였는데 자신만의 제의에 빠져 있는 킴, 외우고 있는 시가 천 편은 되어서 감정이 북받치는 상황이나 순간에는 약강조의 투렛^{tourettes}*으로

---

* 특별한 이유 없이 얼굴이나 목, 몸통 등 신체 일부분을 아주 빠르게 움직이거나 이상한 소리를 내는 증상.

시를 쏟아내는 킴이 내게 어떤 의도로 이 먼 길을 나서는지 말해보라고 고집하고 나는 머릿속으로, 어, 어떻게든 살아보려고⋯⋯.

그러나 밖으로는, 겁먹고 싶지 않아서, 하고 말한다.

두려움을, 어떤 두려움이든 모두 없애버리고 싶어, 그러자 그녀는 시가 적힌 청록색 카드 뭉치를 획 들이밀며 "하나 뽑아"라고 말한다. 그래서 나는 뽑는다.

어느 날 너는 할 일이 무엇인지
드디어 알았고, 그래서 시작했다,
네 주변에는
형편없는 충고를
외쳐대는 고함이 가득했지만—
집 전체가
마구 흔들리고
예의 그 손아귀가
발목을 잡고 늘어졌지만,
"내 삶을 고쳐놔!"
모두 그렇게 고함쳤지만.
하지만 넌 그만두지 않았지.
해야 할 일이 무엇인지 알았으니까.
비록 바람이
그 뻣뻣한 손가락으로

바닥부터 들쑤시고 다녔지만,

비록 지독하게

구슬프기는 했지만.

이미 늦어도 한참 늦어서,

사나운 한밤중,

거리는 부러진

나뭇가지와 돌로 가득했다.

하지만 조금씩,

그 목소리들로부터 멀어지면서,

두터운 구름 장막 사이로

별들이 타오르기 시작했고,

그러자 서서히

너 자신의 목소리임을 알게 된

새로운 목소리가 생겨나,

세상 속으로

점점 깊숙이 성큼성큼 걸어갈 때

너의 동반자가 되어주었다.

네가 할 수 있는 유일한 일을

하겠다고 다짐했을 때—

네가 구할 수 있는 유일한 생명을

구하겠다고 다짐했을 때.

—메리 올리버, 「여행」

약물을 끊은 지가 거의 33년인데, 지금 얼마나 약물이 하고 싶은지 정말 말도 안 될 정도였다. 그것도 아주 강력한 약물 말이다. 열을 세기도 전에 나가떨어지는, 죽은 건 아니지만 그렇다고 지금 여기 있다고 하기도 힘들게 되는 그런 약물. 지금 여기는 너무 감당하기 힘드니까. 주머니, 간 속에 있는 덩어리, 자궁을 들어내고 마스크를 쓴 남자들이 내 몸을 자르고 들어오고.

엄마를 잃어서 입양한 아들이 있다. 무척 걱정스러운 얼굴의 친구들. 새벽 4시에 잠이 깼다가 다시 잠들고. 무엇보다 관장제. 이곳에는 없지만 나를 걱정하는 사람 중에 엄마도 있다. 걱정하실까 봐 아직 이야기하지 못한 나의 엄마. 그리고 약물이나 컴퓨터 단층촬영, 주머니 같은 호사는 누릴 수도 없는 콩고의 여성들.

내 목숨을 구하는 일.

여기서 너는 우지 강을 건너야 한다

우리가 일어났을 때 암 마을, 로체스터는 여전히 캄캄했다. 토스트와 킴, 폴라가 나를 데리고 호텔에서 병원까지 걷는다. 신경안정제인 발륨Valium 때문에 정신이 멍하다. 그들이 내 팔을 잡고, 나를 부축한다. 모두 말이 없다. 유타 주 교도소에서 나와 처형장으로 가는 게리 길모어* 같은 느낌이 든다. 내가 알기로 그는 분명 총살 집행관에게 가슴에 총알 네 발을 맞고 죽었다. 이것이 나의 마지막 아침이 될 여지가 다분한데, 새빨간 태양도 없다. 내 마지막 기억에서 그나마 아름답다고 할 만한 건 매리어트 호텔 로비의 모조품 파키스탄 양탄자가 될 것이다.

종양의 마을은 아직 캄캄하지만 아주 바쁜 황금 시간대다. 새벽

---

* 미국 유타 주 프로보에서 무고한 시민 두 명을 아무 이유 없이 살해했고, 자신의 살해를 완성하기 위해 스스로 사형을 원했다. 그의 '이유 없는 살인'은 미국에 사형제를 부활시킨 계기가 되었다.

4시 반에 너무 많은 사람들이 드나들고 있어 마치 공항 같은 기분이 든다. 중·서부 출신의 과체중인 무리는 간밤의 관장과 장 세척으로 장기가 텅 빈 채 굶주려 있다. 이 시간대에 매요 클리닉의 직원들은 무척 활기차다. 그러나 여기 암 공항 터미널에는 시간이라는 건 없다. 그저 병든 사람과 그들을 돌보는 사람, 곧 잠에 빠질 사람과 그들을 재울 사람만 있을 뿐이다. 몹시 명랑한 항공사 직원들이 있고, 나머지는 각자에게 주어진, 하트 모양에 'YOU'라고 적힌 플라스틱 팔찌를 차고, 어딘가로 가지만 다시 돌아올 수 있을지 어떻게 돌아올 수 있을지는 알 수 없는 사람들이다.

나는 옷과 장신구를 마지못해 벗고는 노출이 심한 병원 가운으로 어떻게든 몸을 감싸보려 애쓴다. 담요에서 그나마 위안을 좀 얻는다. 마지막 관장 이후 수없이 화장실을 오간 뒤, 그리고 "내가 살아서 돌아오지 못하거든 책은 누구에게 주고……"라는 식으로 명랑하게 감정적으로 과장된 장면을 연출하며 친구들을 걱정시키지는 않으려고 애쓴 후, 그들이 내 휠체어를 밀고 간다. 환자 이송용 침대에 올라가자 왜 수술실에 걸어 들어가지 않는지 알 것 같다. 그냥 다리가 그 쪽으로는 움직이지 않는 것이다. 이 여행에는 아무도 함께하지 않는다. 이건 나 혼자만의 것이다. 그리고 이 여행은 아주 심각한 것이다.

토스트와 킴, 폴라가 손을 흔드는 게 보인다. 그들에게 V자를 만들어 보이고 할 수 있는 한 환하게 미소 지어 보인 후 눈을 감는다.

나는 부카부 환희의 도시에 있는 판지 병원의 탁 트인 들판에 서 있다. 말도 안 되게 쏟아지던 콩고의 폭우가 그친 바로 다음이다. 녹지의 땅은 젖어 있고 이제 막 해가 구름 사이로 모습을 드러낸다. 건물이 다 지어졌고 당찬 여성들이 이 반 저 반을 옮겨 다니는 것을 본다. 그들은 지도자이자 혁명가가 되어간다. 그들이 요리를 하고 춤을 추는 것도 보인다. 마마 C와 무퀘기가 나를 맞이한다. 알리사도 있고, 잔, 알폰신과 마마 바추도 있다.

내가 약속을 했더랬다. 그것만이 중요하다. 약속을 지키는 것. 갑자기 바늘과 기계, 테이프를 가지고 이송용 침대 주변에 둘러선, 마스크를 쓰고 가운을 입은 사람들에 대해서는 생각하지 않는다. 그들이 내 몸 안에서 무엇을 찾아낼지, 깨어나되 일종의 사형선고를 받게 될지 혹은 아예 깨어나지 못할지 생각하지 않는다. 엄마는 여기 안 계시고 아빠는 돌아가셨다는 것도 생각하지 않는다. 너무 추워서 내가 얼마나 부들부들 떨고 있는지조차 눈치채지 못한다. 나는 부카부에 있으니까. 거기는 아주 더우니까. 나는 햇볕을 받고 있다. 약속을 지킨 것이다.

단단히 마음을 먹어야 한다. 너의 땅을 아까워하지 말라. 아내와 아이들을 생각하지 말라. 그리고 다른 사람에게 기대지 말라. 그냥 결단을 내려야 하는 거다. 그렇게 많은 사람이 죽어가는 상황에서 네가 지금까지 생존해온 이유는 바로 이 사건과 마주하기 위해서일 것이다. 여기서 너는 우지 강을 건너야 한다. 여기서 세타를 건너야 한다.

여기서 너의 이름이 명예스러울지 불명예스러울지가 결정되는 것이다. 이것이 바로 인간으로 태어나는 일이 어렵고 법화경을 믿기가 어렵다는 게 뜻하는 바다. 석가모니와 다보와 열 방향의 부처가 모두 네 몸 안으로 들어가 너를 돕기를 열렬히 기도해야 한다.

—『니치렌 다이쇼닌 전집The Writings of Nichiren Daishonin』중에서

절실한 두 개의 질문

그들이 침대를 밀고 긴 복도를 내려갈 때 눈을 뜬다. 그러자 갑자기 여동생이 시야에 들어온다. 그녀는 뎁 곁에 서 있다. 내가 죽은 거라고 믿는다. 여동생과 연락을 안 한 지가 십수 년이다. 둘 다 웃고 있다. 여동생은 애써 웃는다고나 할까. 그렇게 애쓰는 모습에 왠지 울음이 터질 것 같다. 얼굴 근육이 아직 따로 놀아서 어떻게 울어야 할지 웃어야 할지 알 수가 없다. 하지만 내 입으로 말하기에는 이상한 이야기를 나 자신이 하고 있음을 깨닫는다.

"간에 있었나요?"

뎁이 말한다.

"아니요."

"주머니를 차고 있는 건가요?"

뎁이 말한다.

"그래요, 하지만 당분간만요."

좋아. 간에는 없다. 주머니는 당분간만이다.
여동생이 여기 있다. 그리고 의식을 잃는다. 암전.

히스테리의 어원이 된 자궁

내 것임을 곧 알아차린 몸의 모든 구멍마다 주머니와 튜브가 연결되어 있다. 요술 같은 진통제 버튼을 누르는 일 외에 내가 할 수 있는 일은 없다. 이건 약물중독자가 꿈꿀 만한 일이다. 약간이라도 통증이 올 것 같다거나 통증이 머리에 떠오를 때, '생길 수 있는' 통증에 나는 버튼을 누른다. 미네소타의 로체스터 억양을 가진 간호사들이 내게 묻는다.

"통증이 어느 정도세요? 1부터 10까지 중 골라보시겠어요?"

처음에는 그냥 8이라고 한다. 그게 괜찮은 숫자 같고 내가 버튼을 누르는 것에 대해 아무도 문제 삼지 않으니까. 분명 과장이다. 하지만 모르겠다. 내 통증이 8일 수도 있다. 10이 어떤 것인지에 달렸다. 울부짖고 비명을 지르고 거의 죽을 것처럼 웅크리게 되는 게 10일까. 그렇다면 8은 그것에 가깝겠지. 그러면 딱히 8까지는 안 되겠지만, 튜브와 주머니가 만들어내는 뭔가가 있다. 그게 그저 매우 겁을 주는 것일 뿐일지라도. 6정도일지도 모르겠다. 진통제가 계속 나를 지탱해주므로 사실 통증은 거의 없다. 어쩌면 마취제 때문에 완전히 지워져서, 그들 말에 따르면 절대 돌아오지 않는다는 수술의 기억과 함께 통증의 기억이 마치 겨울옷처럼 어느 구석에 보관되어 있는지도 모른다. 어떤 고급 레스토랑에 있거나 혹은 섹스를 하는 중에, 갑자기 생선이나 돼지처럼 배가 쩍 갈라지는 엄청나게 강렬하고 선명한 기억이 눈앞에 번쩍 나타난다면 무척이나 무시무시할 것이다.

그들이 바로 배꼽 위를 잘랐다고 이야기했던가? 내가 배꼽을 항상 두려워했다고, 심지어 만지는 것도 무서워했다고 이야기했던가? 내 배꼽은 정말로 소름 끼치게 한다. 배꼽을 물로 닦거나 면봉으로 닦을 때, 항상 숨을 멈춰야만 했다. 배꼽을 정확히 가르고 들어가, 엄마와 이어져 있다는 유일한 증거, 엄마의 피와 내 피가 하나였던 그 장소. 그들이 내 배꼽을 그렇게 가르자마자 엄마가 심하게 아팠다고 이야기했던가? 그들이 내 자궁과 난소, 자궁경관, 나팔관, 림프절, 림프관, 질의 윗부분, 자궁경관을 둘러싼 골반강의 조직과 아기를 낳는 모든 부분을 제거하자마자. 아니, 그건 나중 이야기다.

지금 가장 절박한 문제는 '왜 내 자궁에 암이 있었는가?'이다. (자궁: 포유류 암컷의 골반강 안의 속이 빈 근육기관으로 태아가 태어날 때까지 영양분을 제공받으며 자라는 장소.)

예전에 아기를 품었을 수도 있었을 것이다. 같은 방식으로 내 자궁이 종양을 품고 있는 것을 상상해보려 한다. 아기 두 명을 거의 가질 뻔했다. 아기를 낳지 않는다면 자궁에 무슨 의미가 있기나 할까? 종양이 뭔가를 길러내는 방법일까? 종양 아기를 기르고 있었던 걸까?

수년 전 항상 시름시름 앓고 있는 듯한 상황에 빠져 있을 때, 정신과 의사 친구가 예의 그 다 아는 듯한, 약간 가르치는 듯도 한, '너 좀 안됐어' 하는 말투로 나에게 했던 말이 기억난다.

"이브, 그건 신체증상화身體症狀化하는 거야."

신체증상화하다. 그건 개체화하다 같은 종류의 말이었다. 사전을 찾아봐야 했다. (신체증상화하다: 심리적 괴로움을 위나 신경, 자궁, 질 등에서 신체적 증상으로 표출함으로써 몸이 너무 지나친 스트레스로부터 스스로 보호하는 기제.) 나는 물리적·정서적·성적 학대에 시달려온 여성에게 신체증상화 경향이 더욱 많다는 사실도 확인했다.

알고 보니 신체증상화는 히스테리와 관련이 있고, 히스테리는 그리스어 ύστέρα^{hysteria}로 자궁^{uterus}과 어원이 같다. 자궁=히스테리. 우리 식구들은 항상 내가 히스테리를 부린다고 했다. 극단적 감정. 사라 베르나르.* 하지만 극단적인 게 무엇인가? 그것 역시 10이 어떤 건지에 달렸나? 내 말은, 누군가가 당신을 매일 때리고 멍청이 바보라고 부르고 성추행할 때 과연 적합한 수준의 정서적 반응이 무엇을 의미하는가 하는 것이다. 많은 사람들이 막힌 하수관을

---

* 프랑스의 연극배우. 1870년대 유럽 무대에서 명성을 쌓았고, 테아트르 드 나시옹을 본거지로 활약했다.

뚫거나 내다 팔 만한 플라스틱 병을 찾기 위해 포르토프랭스의 하수도관에서 헤엄을 치고 흙을 집어 먹는 세상에 대한 히스테릭하지 않은 반응이 과연 어떤 것일 수 있는가? 다른 사람들의 눈을 가리고 발가벗겨 목에 줄을 매어 걸어 다니게 하는 사람들이나, 홍수로 잠긴 마을의 지붕에서 손을 흔드는 사람들이 그저 그렇게 버려지는 것에 대해 보일 수 있는 히스테릭하지 않은 적합한 반응은 도대체 무엇일까? 그러한 것들을 경험하는 적절한 방법은 무엇일까?

히스테리, 그것은 여성들이 자신들이 알게 된 것을 알게 되었다는 바로 그 이유로 스스로 미쳤다고 생각하게 만드는 단어. 히스테릭한, 통제 불가능한, 정신 나간, 진지하게 대할 수 없는, 미쳐 날뛰는 등의 수많은 의미를 포함한 단어. 히스테리는 기저에 깔린 갈등으로부터 나오는 엄청난 심리적 외상에 시달림으로써 생겨난다.

나의 갈등은 무엇이었나? 엄마와 아빠를 사랑한 것, 아빠가 나를 성추행함으로써 엄마를 배신하게 한 것, 엄마에게 상처를 줄지라도 아빠를 나 혼자 차지하고 싶어 했던 것? 여성의 몸에 가해진, 세상에서 가장 끔찍스러운 이야기를 듣고 목격했고, 아무리 무슨 짓을 해도 그것을 그만둘 수 없는 것? 사랑에 빠지기를 원하지만 상대방을 절대 신뢰하지 못하고, 관계를 찾아 헤매지만 항상 파멸로 끝나고 마는. 대립적인 감정을 낳거나 초래하지 않는 게 뭐가 있는가? 심리적 외상을 일으키지 않는 게 뭐가 있다는 말인가?

자궁을 없애버렸으니까 내 히스테리도 없어져버린 걸까. 조금이라도 덜 히스테릭해졌다는 느낌이 들지 않는다. 사실 튜브와 주머니와 바늘 때문에 상당히 기분이 언짢아서 혹시 강간 암이라는 게 있지 않을까 하는 생각까지 든다.

강간 암이라는 게 있을까? 성적으로 괴롭힘을 당하거나 그 때문에 심리적 외상이 생기거나 강간을 당하면 생기게 되는 그런 암. 당한 그 순간에 생겼으나 나중에 나이가 들어서 맞게 된 심리적 외상의 순간에 순환하는 혈액 속으로 배출되는 강간 암세포가 있을까? 질이나 자궁, 난소에 암이 생긴 여성 중 얼마나 많은 수가 강간당했거나 구타당했거나 심리적 외상을 경험했을까? 아는 사람이 있기나 할까? 매요 클리닉에서 연구를 했을까? 강간 암을 치료할 수는 있을까? 앞으로 맞게 될 심리적 외상 때마다 강간 암세포가 배출될까? 심리적 외상도 암일까? 이렇게 집착하기 때문에 내가 아픈 걸까?

내가 히스테릭한가? 경보 발령! 8, 8, 8, 혹은 9일 수도 있어.

진통제 버튼을 누른다.

콩고의 성흔 속으로 추락하다

우연한 사건은 없다. 혹은 모두가 우연한 사건인지도 모른다. 내 친구 폴은 이렇게 말한다.

"마치 네가 콩고 성흔을 갖게 된 것 같아."

사실 거의 모든 사람이 이런저런 방식으로 그런 이야기를 했다.

"당연하지만, 이브, 놀랍지도 않아. 최근 수년 동안 들은 그 많은 강간 이야기라니. 그 여성들이 네 안에 들어간 거야."

정치적 행동주의에서 이건 별로 좋은 광고가 아니기 때문에 처음에는 그것을 그냥 무시했다. 다른 사람들에게 다가가 그들을 돌보고 그들의 이야기와 고통을 들어주면, 너도 그 병에 걸릴 수 있다는 식의 이야기니까. 그런데 수술 직후 의사가 예전에 거의 본 적 없는 어떤 것을 내 몸속에서 발견했다고 이야기했다. 자궁내막의 암세포가 질과 창자 사이에 종양을 만들어냈고 직장에 '누공을 형성'했다는 것이다. 근본적으로 보면, 강간 때문에 콩고 여성 수천 명에게 생긴 바로 그 증상이 암 때문에 내게 생겼다는 것이다. 그래서 그들이 받았던 것과 같은 수술을 결국 내가 받았다는 것이다. 내 결장 담당인 잘생긴 의사가 수술 다음 날 뎁에게 이메일을 보내서는, 자신들이 발견한 그 사실이 너무나 놀라워 잠을 이룰 수 없었다고 말했다.

"이 결과는 의학적인 것도 아니고 과학적인 것도 아닙니다. 정신적인 거예요."

나는 항상 구멍에 끌렸다. 캄캄한 구멍. 끝이 없는 구멍. 불가능한 구멍. 부재. 간극, 세포막의 파열. 누공. 아이를 낳을 때 힘든 진통을 너무 오래하면 산과 관련 누공이 생긴다. 질과 방광의 조직으로 필요한 만큼의 피가 공급되지 못한다. 그 결과, 조직이 죽고 구멍이 생기고 그 사이로 소변과 대변이 질질 흘러나온다. 콩고에서 누공은 강간 때문에 생긴다. 특히 집단 강간이나, 병이나 나무 막대기 같은 이물질을 사용한 강간. 동부 콩고에서 여성 수천 명이 강간을 당해 누공이 생겼기 때문에 그것은 전상戰傷으로 간주된다.

콩고에 세 번 다녀온 후 누공을 직접 봐야 했다. 누공을 치료하는 수술을 지켜보게 해달라고 했다. 어떻게 생겼는지, 얼마나 큰지 알아야 했다. 나무 막대기나 성기, 혹은 성기들 때문에 여성에게 가장 본질적인 세포조직에 구멍이 났을 때 그 여성의 안이 어떤 모습이 되는지 알아야 했다. 그 여성이 오래된 병원복의 청록색 천 조각

으로 만든 끈으로 발을 철제 다리 지지대에 묶은 채 다리를 벌리고
등을 대고 누웠을 때 나는 그녀의 질 안을 들여다봤다. 항상 그렇듯
이 그렇게 복잡하면서도 단순하고, 그렇게 섬세한 질에 경외심이
들었다. 그 내벽에 아주 뚜렷한 구멍이 있었다. 본질적인 것이 찢기
고 뜯긴 자리. 거의 완벽한 원에 가까웠는데, 25센트짜리 동전만 한
크기여서 무엇이든 쉽게 들락날락할 수 있을 정도였다.

그것을 보고 하늘을, 하늘의 세포막과 그 오존층에 뚫린 구멍을
생각하지 않을 수 없었다. 인간은 '구멍 내는 기술자'가 되었다. 총
알로 낸 구멍, 드릴로 뚫은 구멍, 상처를 주어 낸 구멍, 탐욕과 강간
으로 만든 구멍. 표면이나 신체기관을 보호하도록 되어 있는 세포
막에 난 구멍. 태양의 자외선이 지구 표면에 이르지 않도록 막아 지
구를 보호하는 오존층에 생긴 구멍. 기존의 질병 박테리아와 바이
러스의 DNA에 변형을 일으켜 피부암이 증가하도록 만든 구멍. 정
신적 외상 때문에 우리 기억에 생긴 간극으로서의 구멍. 온전함과
완전함, 충만함의 가능성을 파괴하는 구멍. 이 여성의 남은 삶을 결
정해버릴 구멍. 소변이나 대변을 참을 수 없게 되고 성관계를 망치
거나 아주 힘들게 만들, 아기를 가질 가능성을 약화하고 고통스러
운 수술을 몇 번이나 받아야 하지만, 그런데도 고칠 수 없을지 모
르는 구멍. 마스크를 쓰고 가운을 입은 채 거기 서서 나는 내가 갑
자기 숨을 멈췄음을 알았다. 이 여성의 질은 미래의 지도였고, 나는
나 자신이 세계의 구멍 속으로, 내 안의 구멍 속으로, 아빠가 밀고
들어와서 내가 길을 잃었을 때 생긴 그 구멍 속으로 추락하고 있다

고 느꼈다.

근친상간으로 사회적 세포막이 찢겨 나갔을 때 생긴 그 구멍으로, 이 여성의 구멍 속으로 추락하고 있었다. 항상 추락해왔지만, 이번에는 달랐다.

내 동생 루가 여기 있다

눈을 떠보니 동생 루가 침대 옆에 앉아 있다. 수술 직후라 헛것이 보이는 게 아니다. 진짜 루가 여기 있다. 눈을 감는다. 그녀의 존재를 받아들일 시간이 필요하다. 어떻게 받아들여야 할지 잘 모르겠다.

루는 당연하다는 듯 나를 내려다본다. 마치 우리가 지금까지 내내 정기적으로 이야기도 계속하고 만나오기라도 했다는 듯. 그저 예전에 있던 자리에 다시금 있을 뿐이다. 살짝 눈을 뜨고 다시 본다.

루다. 그 얼굴을 정말 좋아한다. 피부가 아주 부드럽다. 가슴이 엄청 커서, 내가 예전에 종종 만져봤다. 그러면 루는 질겁을 했다. 루의 가슴은 위안을 담은 그릇 같았다. 루 자체가 위안이다. 안 그럴 때만 빼고.

그녀가 침대 곁에 있다. 의심이 든다. 동정심인가? 나는 동정 받는 것을 무지하게 싫어한다. 드디어 그녀가 주도권을 잡은 건가? 그녀는 올라갔고 나는 내려갔으니까. 죄책감인가? 병으로 거의 죽을 뻔한 것, 끝내지 못한 일 때문에? 원해서 여기 있는 건가? 강요 때문인가? 의무감에서? 혹시 나를 염려해서? 염려해서라면 좋겠다. 나는 루를 모른다. 그냥 여기 온 거다. 비행기를 타고 그냥 온 거다. 그게 마음에 든다. 잘 모르겠다. 루는 만사를 주도하는 성격이다. 일을 맡아 처리할 것이다. 그게 마음에 든다.

손을 뻗어 가만히 손을 만지자 루가 깜짝 놀란다. 그 바람에 나까지 놀랐지만 그녀가 내 손을 잡는다. 둘 다 조심스럽다. 루가 미소를 짓고 나도 미소를 짓는다. 내 동생.

내게서 없어진 것들

아홉 시간

직장直腸

결장 일부분

자궁

난소

자궁경관

나팔관

질의 일부분

일흔 개의 절

새로 생긴 것들은 이렇다

내 결장으로 새로 만든 직장

결장에 뚫은 구멍
일시적인 인공항문 주머니
방광에 부착된 도관
두 배쯤은 커진 내 얼굴
내게서 없어진 것들이
느껴질 때마다
내가 누르는 버튼

자비로 가는 길, 스토마

기억나지는 않지만, 그들 말이 내가 깨어나서 처음 한 일이 만져보게 해달라는 것이었다고 한다. 그렇게 용감할 수 있었다는 게, 혹은 그렇게 용감하고 싶었다는 게 믿기지 않지만, 워낙 약물에 많이 취한 상태였으니까. 그리고 나는 원래 무엇이든지 직접 보고 알려고 해온 역사가 있다. 용감함이라기보다는 오히려 내가 모르는 채 벌어지는 일에 대한 두려움 때문이다. 남자 어른의 향수 냄새 나는 손이 겨우 여섯 살이 된 내 몸을 침범한 일, 키갈리Kigali의 뒷방에서 콩고의 광산을 파는 일, 10대 여자아이들 패거리가 수군거리며 공개적으로 나를 끝장낼 모의를 하는 일. 알아야 했다. 그래야 주도권을 쥘 수 있었으니까.

커튼을 열었고 문을 열었다. 고통의 침입을 내가 통제했다. 그러니 요술처럼 내 몸 밖으로 나와 있는, 내 결장으로 만든 빨간 젖꼭지 같은 살덩어리를 만져봐야 했던 것도 놀라울 게 없다. 구멍. 내 똥을 인공항문 주머니로 보내기 위한 일종의 소형 입, 스토마. 그것을 문질러보고 만져보니, 동굴 같은 곳에 있을 법한 것처럼 부드러우면서 끈끈했는데, 그 행동에 루가 질겁하는 걸 알 수 있었다. 루는 그것을 절대 만지거나 보려 하지 않았다.

우리는 정반대였다. 집안에 난리가 나면, 그렇게 자주 난리가 났는데, 루는 갑자기 사라지는 일이 잦았다. 방에 있으면서도 사라져버릴 수 있었다. 내가 용감한 게 아니라 자학적이었다는 생각을 암이 생기기 전까지는 전혀 하지 못했다. 고통과 어려움이 일종의 보호라고 착각했다. 루는 두려워했고 그래서 그에 맞게 행동했다. 나는 내가 두렵다는 것을 스스로 인정할 만큼 용감한 적이 전혀 없었다. 아빠를 능가해야 했고 아빠와의 게임에서 그를 물리쳐야 했다. 그 손이 내 목을 조르고, 그 주먹이 내 얼굴을 쳐서 코피가 줄줄 흘렀지만, 이것들은 내가 나 자신에게 할 수 있는, 혹은 나 자신에게 초래할 수 있는 것에 비하면 아무것도 아니다.

아니, 그게 전부는 아니었을 것이다. 공포가 아주 익숙했기 때문이었을 수도 있다. 머리가 벽에 맞고 튕겨 나오는 순간 솟구치는 아드레날린과, 온몸을 옥죄는 듯한 거의 죽을 것 같은 강렬한 느낌. 어쩌면 나는 익숙한 그 느낌을 관계라든지 활기, 사랑 등과 연결 짓게 되었는지도 몰랐고, 그래서 폭력적인 남자에게 항상 끌렸는지도 몰랐다. 나를 때리지는 않지만 금방이라도 폭발할 것 같은 위태로운 상태에 있는 남자. 그쪽으로 밀어붙이면 그 상태에 이를 수 있는 남

자. 나는 어떻게 밀어붙이면 되는지 알았다. 그 달콤한 사랑을 잠깐이라도 맛봐야 했고, 정신이 회까닥 돌아 '네가―퍽!―정말 싫어 네가―퍽!―필요해' 식의 쏟아지는 주먹질을 느껴야 했기 때문이었다. 그것이 애초에 내가 젖을 물 수 있었던 방식이었다. 후려 맞고 악을 쓰며 게걸스럽게 빨아댄 흰 액체.

스토마를 만지고 있는데 루가 왜 굳이 그러느냐고 물었다. 그것을 보고 질겁하는 걸 알 수 있었다. 그녀는 만지고 싶어하지 않았다. 그건 마치 어렸을 때 우리의 부자 동네에서 일어난 사고와도 같았다. 깨진 유리가 널려 있고 핏자국도 있었는데, 한 여성이 앞창문을 뚫고 나가 귀가 잘렸다고 했다. 한 무리의 남자들이 그 귀를 찾아다녔다. 나도 가서 도와주고 싶었다. 길 한복판에서 잘린 귀가 발에 걸리는 느낌이 어떤지 알고 싶었다. '여기, 여기 있어요. 귀를 찾았어요. 아직 시간이 있어요. 살아 있거든요. 다시 붙일 수 있을 거예요'라고 말하고 싶었다. 루는 나와 같이 가려 하지 않았다. 고난과 위험을 향한 비행에 함께할 비행사가 되지 않으려 했다. 나와도 수년 동안 가까이하지 않으려 했다. 왜 아니었겠는가?

나는 열여섯 살에 미친 듯이 술을 마시고 감각이 없어질 때까지 마약을 했고, 늦은 밤의 공연을 보러 어른 남자와 몰래 필모어 이스트에 갔고, 어떤 공동체에서는 알몸으로 살았고 물건도 훔쳤다. 술집에서 일하고 뒤편의 당구대에서 섹스를 하면서 현대 미국 시詩에서의 자살을 주제로 석사논문을 썼다. 첼시의 정신분열증 환자를

위한 병원에서 관리인으로 일했고 30번가의 노숙자 쉼터에서 일종
의 반장을 맡았다. 프랑스에서 잔 다르크가 갔던 길을 따라가봤고,
한밤중에 기차를 타고 로마로 가서 가죽옷을 입은 이탈리아 다이
크dyke*들이 신는 징이 박힌 하이힐을 신고 다녔다. 몬트리올에서 밴
쿠버로 가는 기차 안에서 사흘 동안 LSD를 했고 거기서 색소폰과
신앙심 가득한 직업의식으로 나를 유혹한 유명한 이슬람교도 재즈
음악가와 하룻밤을 같이 보냈다. 어찌어찌해서 보스니아의 강간
피해자 수용소에 들어가기도 했고, 부르카를 쓰고 아프가니스탄의
탈레반에 들어가기도 했다. 에스프레소를 퍼 넣으면서 코소보의
지뢰밭에 차를 몰고 가기도 했다. 직접 봐야 했고, 알아야 했고, 만
져봐야 했고, 잘린 귀를 찾아야 했던 것이다. 지레 위악을 떨었는지
도 몰랐고, 나의 선함을 찾아다녔는지도 몰랐고, 인간이 저지를 수
있는 가장 지독한 상태에서 어떻게 살아남을 수 있는지 이해하기
위해서 심연의 비인간성에 점점 더 가까이 갔는지도 몰랐다. 그러
고 나서 콩고에 갔고 거기서 모든 것이 박살 났다. 가장 극악한 행
위가 한없는 선함과 한순간 만나는 그곳. 내가 그곳에 갔던 것이다.

스토마가 대변을 바깥으로 내뱉었다. 그것에는 도저히 익숙해
질 수 없었다. 그러니까 차라리 그것을 능가하는 편이, 스토마를 만
져서 알고 보는 편이 나았고, 그래서 루가 아무리 뭐라 하건 계속했

* 남성적 레즈비언.

다. 그런데 이 작은 젖꼭지 같은 살덩이가 왜 갑자기 내 모성애를 자극하는지, 내 몸을 부드럽게 만져주고 그것과 나 자신을 보호해주고 싶은 생각이, 어쩌면 지금까지 살면서 왜 처음으로 갑자기 그런 마음이 들게 되는지 알 수가 없다. (다분히 약 때문이겠지만) 마치 그 젖꼭지가 내 몸에서 나온 아기라도 되는 듯 왜 들뜨고 정신 나간 듯 웃고 싶어진 건지. 그것이 알고 싶었다. 스토마가 태어났고, 그 탄생은 '천하무적이었던 나의 종말'을 알리는 것이었다. 더 이상은 밖으로 드러난 인간적인 살덩어리 부분을 숨길 수 없게 된 것이다.

엄격한 사랑을 실천하는 기막힌 간호사의 도움으로 스토마를 돌보는 법을 배웠다. 닦고 연고를 바르고, 제대로 감싸고, 쓸리거나 자극을 받지 않도록 하는 법. 그리고 이렇게 노출된 상태가, 똥으로 찬 내 취약성의 젖꼭지가 바로 자비로 가는 길임을 알았다.

나는 어쩌다 암에 걸렸을까

두부豆腐 때문이었을까?

두 번이나 결혼에 실패해서였을까?

아기를 낳은 적이 없어서였을까?

낙태와 유산을 경험했기 때문이었을까?

질에 대해 너무 많이 이야기해서였을까?

57년 동안을 매일같이 내가 모자라다고 걱정해서였을까?

1만 8천 명의 사람으로 매디슨 스퀘어 광장을 혹은 4만 명의 사람으로 슈퍼돔을 가득 채워야 한다는 압박감 때문이었을까?

변화하려고 애쓰다 진이 다 빠져서였을까?

도시였을까?

오랜 세월 동안 수백 개의 작은 마을에서 공연이 끝날 때마다, 연설이 끝날 때마다 계속해서 늘어섰던 200명의 여자, 자신의 상처와 흉터와 전사 문신을 보여주려고 그렇게 줄을 서 있었기 때문일까?

교외 주택가의 잔디용 살충제였을까?

체르노빌이었을까?

스리마일 섬?

아빠가 럭키 스트라이크를 피우고 엄마가 말보로를 피워서였을까?

아빠가 서서히 죽어가는 걸 알면서도 끝까지 전화를 걸어 작별 인사를 하지 않아서였을까?

아빠가 식당에서 웨이터에게 모욕을 주는 것을 보고는 다시 찾아가 내 용돈을 줘서였을까?

엄마가 비쩍 마르고 약해빠져서였을까?

평이 좋지 않아서였을까?

평이 좋아서였을까?

논평을 받는 것 때문이었을까?

유부남과 성관계를 가져서였을까?

항상 세번째여서였을까?

첫 남편이 내 친한 친구와 성관계를 가져서였을까?

쇼핑 혹은 쇼핑에 대한 욕구였을까?

30년 동안 채식을 해서였을까?

프루트 룹스Froot Loops 시리얼 때문이었을까?

수영장의 염소 소독약이었을까?

탭이었을까? 술에서 깬 뒤에 탭을 엄청 마셨는데.

릴트(엄마가 내 머리에 파마를 할 때 쓰던 유독성 냄새가 나는 물질)
였을까?

테임(엄마가 엉킨 머리를 풀 때 쓰던 용해제)이었을까?

크리놀린(드레스 안에 어쩔 수 없이 입어야 했던, 폭력적인 빳빳한 물
체)이었을까?

셜리 템플 칵테일이었을까? (적색 2호 색소 주스를 진저에일과 섞
고 적색 2호 색소 체리를 위에 얹은 칵테일. 컨트리클럽에 다니는 세련된
알코올의존증 아빠가 가장 좋아했던 것.)

페트병의 생수를 먹어서였을까?

젖을 먹이지 않아서?

중국요리인 통조림 춥 수이[chop suey]?

즉석 조리 식품?

파란색 얼음과자였을까?

엡스타인바 바이러스였을까?

내 피 속에 있었을까?

처음부터 결정된 일이었을까?

방충제였을까?

잘 울지 않아서였을까?

아니면 너무 많이 울어서였을까?

난잡한 성관계 때문이었을까?

핵 발전소에서 시위를 하다가 많이 잡혀가서였을까?

방사성 낙진을 마시며 잠을 자서?

자궁내피임기구 때문이었을까?

경구피임약이었을까?

경계를 제대로 정하지 않아서였을까?

벽을 너무 많이 세워서였을까?

아들과 함께 천천히 걷기

내 방에는 작은 칠판과 빨간색 마커 펜이 있어서, 산책을 갈 때마다 표시를 한다. 하루에 여섯 번씩 산책을 해야 한다. 처음 며칠은 두세 번밖에는 할 수가 없었다. (그것도 한 번은 네 걸음 정도 되는 문 앞까지 갔다가 그냥 돌아온 것이었다.) 빨간색으로 다섯 번을 표시하는데, 거짓말이다. 내가 이런 속임수를 쓴다는 것이 믿기지 않지만, 그걸 정말로 믿을 사람도 없다. 병원에서는 모든 면에서 준비되기도 전에 밀어붙인다. 잠에서 깨기가 싫다. 주머니를 어떻게 새로 바꾸는지 알고 싶지도 않다. 걷는 건 절대 하고 싶지 않다. 보행기가 있어서 거기에 기댄 채 걷다가, 거의 기어가다가, 걷다가, 거의 기어가다가 하면서 방 밖의 간호사실 주변을 시계 방향으로 빙빙 돈다. 간호사 주변을 천천히 걷고 있으니, 간호사는 의심할 바 없이 나의 숭배의 대상이 된다. 예전에 라싸의 죠캉 사원에서 보았던 불자들처럼 빙빙 돌고 있는 것이다. 그들은 마음에서 자연스럽게 우러나는, 더 커다란 연민으로 자신들의 마음을 이끌기 위해 몇 시간이고 그렇게 돈다. 여기 매요 클리닉에 있는 간호사인 모니카, 론다, 사라는 나의 승려들이다. 내 옷을 갈아입히고 침대보의 모서리를 착착 접어 집어넣을 때의 그 정확함과 다정함. 친절하면서도 단호하게 다가오는 모습. 얇은 얼음 조각에 이런저런 맛을 가미한 것.

오늘은 아들이 나와 함께 돈다. 나 자신이 늙고 추하게 느껴진다. 수술 이후로 머리카락은 힘없이 부석거리고 피부는 창백하다. 카트만두의 어느 사원 앞에서 보았던 병에 걸린 더러운 개처럼 느껴진다. 입에 거품을 문 것을 보니 그 개는 광견병에 걸린 것이 틀림없었다. 사원 주변에서 어정거리는 굶주리고 더러운 개들이 사실은 깨달음에 이르지 못한 라마교의 고승과 스님들이라고 어느 승려가 말해줬다. 골치 아픈 일을 어쨌든 해내야 한다는 다짐 격으로, 딱지가 덕지덕지 붙은 개의 사진을 수년 동안 책상 위에 붙여두고 살았다. 지금 나는 '아들이 있는 병 걸린 개'가 되었다. 아들은 나를 다그치지 않았고, 나는 그게 걱정이 되었다. 오랫동안, 훈련을 시키는 가학적인 코치처럼 아들은 모든 극단적 방식으로 내게 벌을 주곤 했으니까.

내가 아이의 엄마가 되었을 때 아이는 열다섯 살, 나는 스물세 살이었다. 나는 그의 아빠와 결혼했다. 그를 보호해주고 싶었다. 항상 그랬다. 아이의 생모인 다이앤과 나는 많이 닮았다. 아이가 다섯 살 때 엄마인 다이앤은 총에 맞았고, 아이는 피투성이 엄마가 들것에 실려 나가는 것을 보았다. 사람들은 엄마가 죽었다는 이야기를 그에게 해주지 않았다. 1년을 기다렸지만 엄마는 돌아오지 않았다. 그래서 나는 그 아이를 떠나지 않으려고 무진장 애를 쓴다.

아이는 지금 내 옆에 잠자코 있다. 아이의 머릿속이 어떻게 돌아가는지 보일 지경이다. 천천히 걸어 다닐 때의 걸음걸음이 내가 죽음과 얼마나 가까운지를 다시 계산하고 이해하는 것이다. 아이의 손을 잡고, '얘야, 나는 안 죽어, 알았지?'라고 말해주고 싶었다. '나는 너의 업보도 아니고 끝없이 계속되는 무자비한 자식 유기의 이야기도 아니야. 너를 절대 떠나지 않을 거야, 기억하지? 우리 약속했잖아.' 하지만 내 안의 무엇 때문에 그렇게 말을 해줄 수 없었다. 어쩌면 지금 이 순간 상황이 변한 건지도 몰랐다. 우리는 이제 나이가 있어. 나는 쉰여섯 살이고 너도 2년만 있으면 쉰 살이지. 어쩌면 지금으로서는 대답해줄 말이 없는지도 몰라. 아들인 너에게나 어느 누구에게도. 어쩌면 신경 안 쓰는 사이에 높은 파도가 우리의 작은 배를 휘감아서는 갑자기 먼바다에 나와버렸는지도 몰라. 어쩌면 우리가 할 수 있는 일이라고는 열심히 노를 젓고 해류를 따라 움직이고 물결이 험해지면 서로를 꼭 붙들고 언젠가 혹시 육지에 닿으면 기뻐하는 일뿐인지도 몰라. 어쩌면 이제 내가 줄 수 있는 거라고는, 기꺼이 너와 함께하고 싶은 이 공허밖에는 없을지도 몰라.

사자가 얼룩말을 삼키듯 햄버거 먹기

결장을 반으로 잘랐고 직장은 아예 없어졌고, 주머니를 단 채로, 음식이 어떤 과정으로 소화가 되어 어디로 나오게 되는 건지 전혀 짐작조차 할 수 없었다. 시각적 상상 속에서 없어진 기관과 아직도 남아 있는 기관이 헷갈렸다.

생각할 수 있는 것이라고는 햄버거뿐이었다. 고통이 심해지고, 마치 눈앞에 암세포가 둥둥 떠다니는 듯한 환각에 시달릴 때면 햄버거를, 그 고기와 빵을 생각했다. 피 맛을 느낄 수 있을 정도였다. 그 피와, 그릴에 구운 햄버거의 육즙을 원했다. 그 소스를, 토마토와 상추와 피클과 케첩을 원했다. 손에 햄버거를 들고 싶었다. 침대에 앉아 햄버거를 먹는 건강한 보통 사람이었으면 했다. 그건 내가 열여섯 살이 되어 고기를 먹지 않겠다고 결심하기 이전, 햄버거를 먹어도 된다는 허락을 받고 부엌에서 햄버거를 먹던 몇 번 안 되는 순간, 그러니까 아빠가 함께 있지 않았고(아빠는 아이들이나 식모와 같이 부엌에서 무엇이든 먹은 적이 절대 없었으니까), 그래서 잠깐이라도 재미있던 순간을 향한 향수였을까? 그래서 어쩌면 햄버거는 재미난 순간을 의미했는지도 몰랐다. 어쩌면 향수란 내게 없었던 것, 즉 토요일 밤 감자튀김과 햄버거를 먹는 보통의 행복한 가족을 향한 것이었는지 몰랐다. 어쩌면 햄버거는 위안이었는지도. 아니면 반항. 나는 20년 동안 정의감에 따른 채식주의자로 살았는데 수술을 받고 나오자 고기가 먹고 싶은 것이었다. 고기를 먹을 것이다. 그렇게 올바르고 완벽하게, 후무스*—두부—저칼로리로 사는 일을 그만둘 것이었다.

고기를 보면 항상 혐오감이 들었더랬다. 그런데 지금 나는 피를 절실히 원했다. 맹수의 송곳니라도 갖고 싶을 정도였다. 나 자신은 물론 친구인 팻과 캐럴도 이에 경악했다. 손톱만큼의 젤리에서 햄버거로 뛰는 건 너무 심한 것 같다고 그들은 말했다. 나로서는 햄버거가 되돌아오는 표처럼 느껴진다고 말했다. 그들은 내가 평생을 공산주의자로 살다가 갑자기 헤지펀드를 팔기라도 한 것처럼 무척 불편한 기색이었다. 내가 그들에게 항상 그래 왔던 모습 그대로 있기를 원했던 것이다. 나는 많은 것이 변했다고 말해줬다. 예를 들어 암이 생겼고, 그래서 몇몇 기관을 떼어내고 주머니를 달았다. 그들은 내가 행복하기를 바란다고 했다. 그것이 원하는 전부이고, 잘 살아가기를 바란다고 했다.

* 병아리콩, 오일, 마늘을 섞어 으깬 중동 지방 음식.

그들은 쇼핑을 하러 로체스터에 가서는 아주 울긋불긋한 색깔의 잠옷과 양말을 사 왔다. 꽃을 화병에 꽂고 베개를 제대로 놓아줬다. 힘들게 밤을 보낼 때면 내 곁에 앉아 함께 밤을 지새우다가 말도 안 될 정도로 작은 판지 침대에서 잠이 들었다. 나를 재미있게 해주고 간호사들과도 친하게 지냈는데, 결국에는 내게 햄버거를 사다 주었다. 정말로 그랬다. 심지어 감자튀김과 함께 쟁반에 받쳐다 주었다. 혹시 이걸 지어내고 있는 건지 잘 모르겠지만, 내가 햄버거를 먹을 때 침대 주변에 사랑하는 사람들이 거의 망연자실한 표정으로 서서 나를 바라봤다고 믿는다. 수석 간호사인 모니카는 심지어 의자를 끌어다 앉기도 했다. 그들이 지켜보든 말든 상관없었다. 오히려 증인이 필요했다. 내 몸에서 뭔가가, 살과 피를 원하는 이 욕구가 나오고 있음을, 내가 먹고 있음을, 게걸스럽게 먹고 있음을 지켜보는 증인. 멈출 수가 없었다. 이러한 위반은 거의 외설적이라는 느낌이 들 정도였다. 이렇게 숨김없이 노골적으로 드러내는 것이, 이렇게 배가 고프고, 이렇게 살아 있다는 것이.

케냐의 마사이마라 자연보호구역의 사자를 보러 갔던 기억이 떠올랐다. 한 장소를 둘러싸고 차가 서른 대 정도 모여 있었다. 세계 곳곳에서 온 가족과 커플이 꼼짝도 않은 채 거대한 사자가 얼룩말의 시체를 끌고 들판을 지나가는 것을 지켜보고 있었다. 알고 보니 사자는 심지어 씹지도 않는다. 거대한 이빨로 물어뜯어서는 그냥 삼키는 것이다. 사자는 그에 대해 수치심도 없었고 그렇다고 자부

심이 있는 것도 아니었다. 그 안의 뭔가가 그렇게 해야 하니까 하라고 시키는 것이고 그래서 하는 것이었다. 그렇게 간단한 것이다. 생존이라는 것은. 사과할 필요도 없고 그렇다고 박수를 보낼 필요도 없는 것.

내가 사자를 바라봤을 때와 똑같은 공포와 기쁨을 병원 침대 주변에 있는 친구들의 얼굴에서 보았다. 너무 빨리 먹었다. 하나도 남기지 않고 다 먹었다. 그날 저녁 늦게 내 몸은 기어에 나뭇조각이 끼어버린 잔디 깎는 기계처럼 완전히 멈춰버렸다. 그들은 그것을 폐색이라고 했고 나는 토해내기 시작했다······. 아주 많이. 이후 열흘 동안 얇은 얼음 조각만 빨며 지냈고 몸무게는 거의 20파운드나 줄었다. 하지만 나는 사자였던 것이다.

환자가 되는 법

"당신은 아주 많은 일을 해왔어요."

마치 요정처럼 어느 날 내 방에 나타난 아주 자그마하면서도 무척 아름답게 생긴 이탈리아인 의사가 말했다.

"하지만 환자였던 적은 한 번도 없으셨죠. 이제 환자가 되는 법을 배우셔야 해요. 당신에게는 좀 어려울 거예요."

그의 말은 수수께끼 같았지만 정확했다. 내가 절대 되고 싶지 않던 것이 바로 환자였다. 나는 아픈 사람을 싫어했다. 무엇보다, 그들은 아프지 않은가. 아프다는 건 건강하지 않고, 능력이 없고, 아무것도 하고 있지 않고, 좋은 세상을 위해 노력하지도 않음을 의미했다. 아프다는 건 항복이자 굴복이었고, 시간 낭비일 뿐 아무 보탬도 되지 않는 것이었다. 아프다는 건 건강한 세상이 잘 돌아가고 있을 때혼자 꼼짝도 못 하고 처박혀 있는 것이었다.

괴상한 이유로 나는 병원 침대에 선글라스를 쓰고 누워 있었다. (온갖 약 때문에 퉁퉁 부어서 봐줄 수 없는 지경이었기 때문에 립스틱을 살짝 바르고 선글라스와 분홍색 니트 모자를 쓰면 좀 나아 보이리라 생각했는데, 사실은 정신 나간 사람처럼 보였다.) 선글라스를 쓰고 있던 것은 그 요정 의사가 내 눈을 들여다보고 내 생각을 읽기를 원하지 않았기 때문이었다. 환자가 된다는 그의 말 한마디에 온갖 생각이 걷잡을 수 없이 쏟아져 나왔으니까. 심지어 암 자체보다도 더 무시무시한 뭔가가 분명 있다. 멈춰 있다는 것. 가만히 있다는 것. 아무것도 하거나 만들 수 없고, 여행도, 연설도, 단체를 조직하는 일도, 글 쓰는 일도 할 수 없다는 것. 빌어먹을 환자 같은 건 되고 싶지 않다. 그러자 이탈리아인 의사가 말한다.

"일종의 전환점이 될 겁니다. 자신을 불쌍히 여기는 법을 알게 될 거예요. 환자가 되는 법을 배우는 거죠."

순간 내 정맥주사 줄을 그의 목에 감아 힘주어 홱 잡아당기고 싶었다.

그렇게 나의 일부분이 분노하고 거부하는 동안 또 다른 나도 이미 존재한다. 나는 또 다른 내가 거기 있는 게 보이는데, 그 나는 다른 어떤 것을 진정으로 알고 있다. 이쪽의 나는 요정 의사가 마음에 들고, 그의 무릎에 기어올라가 그의 환자가 되기를 원한다. 이쪽의 나는 너무 피로한 것이다. 이쪽의 나는 그의 말이 옳음을 알고, 내가 도전하도록 비전을 보여줌으로써 나를 인도하고자 함을 안다.

"바로 이겁니다. 이제는 삶을 바꿔야 해요. 뭔가를 증명해야 한다는 요구 때문에 더 이상 몰아대서는 안 돼요. '이 망할 자식아', '두고 봐' 같은 반발로 살 수는 없어요. 그래서 당신이 병이 든 거예요. 당신의 병이라는 게 바로 그거예요. 몸을, 신경체계를 혹사시킨 것, '싸울 것인가 도망칠 것인가', 항상 상상의 적을 몰아내고 항상 자신을 압박하고 몰아친 것, 압박하고 싸우고 몰아댄 것 말이에요."

나는 이제 너무 피곤하다. 암에 걸렸다. 기관을 몇 개 떼어냈다. 도관과 주머니가 몸 밖으로 삐져나와 있다. 몸 중앙을 가르고 꿰맸다. 구동장치가 이제는 없다. 기어를 찾을 수 없다. 나는 환자다. 환자. 환자. 그러자 아빠의 높아지는 목소리를 들었던 이후 처음으로 내 몸 한가운데에서 뭔가 긴장이 풀렸고, 잠이 든다. 진정으로 잠을 잔다.

몸 안의 검은 웅덩이 그리고 멕시코 만 기름 유출

슬론-케터링 암센터에서 내게 컴퓨터 단층촬영 사진을 보여준다. 몸 한가운데 있는 거대한 검은 웅덩이. 멕시코 만에 기름이 유출된 날과 같은 날이었고, 어쩐 일인지 그렇게 오염된 멕시코 만이 내 안에 있다. 16온스의 배설물, 하루 252만 갤런의 기름. 복강 내의 농양. 수술 후 감염, 폭발 후 유출, 혈관으로, 바다로 확산된 감염. 내 몸이 파열하고, 배설물을 담아뒀던 곳에서 그것이 새어 나온다. 새어 나오고 흘러나오고 내보낸다. 석유회사 BP의 파이프가 폭발해 솟아오른 같은 날 같은 순간 내 모든 구멍에서 쏟아져 나오는데 어떻게 해도 막을 도리가 없다. 기계를 멈춰보려 하지만 멈출 수 없고, 멈출 방법이 없고, 이 세상 것이 아닌 듯한 썩은 냄새가 진동하고, 배설물이 가득 찬 주머니는 화장실에 가기도 전에 터져버리고 나는 게워내기 시작한다. 내 장기는 수술하고 꿰맨 지 얼마 안 되었다. 정말로 고통스럽다.

복부 통증, 오한, 설사. 스며든 기름 때문에 새의 깃털이 망가져 물 위에 잘 떠 있을 수 없고, 공격을 받을 때 도망가기도 힘들며, 부리로 깃털을 매만지다가 신장의 손상을 입는 것, 간 기능의 변화, 소화관 파열, 식욕 부진, 구토, 돌고래가 분수공으로 기름을 내뿜는 것, 직장의 압통이나 묵지근한 느낌, 물개 털의 보온 능력 감소와 그에 따른 저체온증, 구토, 기운 없음이 증상에 포함된다.

화학치료를 시작해야 하지만, 감염치료를 끝내기 전에는 할 수가 없다. 몸이 너무 약해져 있고, 합병증이 너무 많이 생길 것이다. 화학치료는 면역체계를 약화시키는데 나는 지금 온통 감염 상태다. 그것을 몸에서 완전히 빼내야만 한다. 복강 내 농양을 치료하려면 정맥 내로 항생제를 주사하고 농을 빼내야 한다. 배농을 위해서는 보통 엑스레이 사진을 지표 삼아 피부를 뚫고 농양 속으로 주삿바늘을 집어넣는다. 그러고는 농양이 완전히 없어질 때까지 몇 날 몇 주를 그렇게 둔 채 농을 뽑는다.

두 번의 잘못된 시도 이후에 BP의 기술자들이 기름을 일부라도 바다 위의 시추선 쪽으로 우회시키기 위해 1마일짜리 관을 부서진 수직관에 성공적으로 삽입한다. 9일 동안 그 관으로 약 2만 2천 배럴의 기름을 뽑아냈지만 그건 전체 유출된 기름의 극히 일부분일 뿐이다.

이후 3주 동안, 슬론-케터링 의료팀은 내 농양의 한가운데로 각각 다른 관을 세 번 삽입해 농양을 빼낼 것이다. 첫번째로 침대에 누운 채 시술실로 들어갈 때, 너무 눈이 부시고 발가벗겨진 느낌이라 선글라스를 쓰기로 한다. 마치 낡아빠진 연습용 기타인 듯 내 몸을 다루는, 대단히 거만한 로큰롤 의사가 거기 있다. 선글라스가 아주 멋지니까(내가 아니라) 그냥 쓰고 있으라고 그가 말한다. 그러고는 미처 알아채기도 전에 도관이 딸린 두꺼운 바늘을 내 수술 부위에 찔러 넣는다. 비명을 지르며 너무 아프다고 말하지만, 그는 멈출 생각도 없고, 제대로 진통제를 놓지도 않고, 내 말을 듣는 것 같지도 않다. 계속 비명을 질러대지만 그는 그저 자신의 일을 계속할 뿐이다. 그의 담대함이 너무 싫다. 나는 엉엉 울고, 밴드를 쫓아다니던 철없는 여자아이가 그들의 승합차 뒷좌석에 처박히고, 섹스를 원하지 않는다고 생각하지만 이미 너무 늦어버려 아무도 들어주는 사람이 없는 그런 상황에 놓인 느낌이 든다.

이후 나는 종양 담당 의료팀을 만나는데, 그들은 정신이 완전 딴데 팔린 듯 보인다. 나는 그 시술이 너무 고통스럽고, 감염 때문에 심하게 쇠약해진 데다 살도 엄청 빠졌다고 말한다. 그들은 감염이 다 없어져야만 화학치료를 시작할 수 있고 그래서 기다리는 중이라고 말한다. 내가 실패한 듯한 느낌이 들었고, 이야기하는 동안 암세포가 정신병자처럼 계속 분할되는 것 같다. 방사선치료를 생각해보라고 그들이 말한다. 정신이 딴 데 팔린, 성마르고 오만한 또 다른 의사에게 나를 보내는데, 내 질문이 그에게는 유치하고 시간 낭비라는 기분이 든다. 원래 암이 있던 자리에 방사선을 � 계획이었는데, 장기 주변에 이미 흉터 조직이 생겼고 그것들이 제대로 움직이지 않는다(역시 내 잘못으로)고 그가 말한다. 방사선이 장기의 같은 부분을 계속해서 공격할 위험이 있고, 그런 일이 생긴다면 내가 다시는 먹지도 못하고 주머니를 평생 차고 다녀야 할 가능성이 다분하다는 것이다. 그래서 그에게는 짜증스러울 질문을 계속한다.

방사선치료가 필요한가요?

"확실히 모릅니다."

그게 화학치료보다 효과적인가요?

"그렇지는 않을 걸요."

방사선치료와 화학치료를 같이 하면 더 효과적인가요?

"잘 모르겠습니다."

자궁암에는 화학치료가 방사선치료보다 더 효과적인가요?

"네, 그건 확실합니다."

그러면 도대체 왜, 하고 내가 묻는다.

장기를 파괴할 수도 있고 먹거나 똥 싸는 일을 평생 못 할 수도 있다면서 왜 방사선치료를 생각하는 건가요?

그가 말한다.

"당신한테 달렸어요. 당신만이 결정할 수 있는 문제예요. 자료를 드렸잖아요."

여기에는 내가 이 자리에서 내릴 결정이 잘못될 수 있다는 의미도 포함된다. 그래서 그의 몸을 끌어당기며 말한다.

"이게 당신 몸이라면 어떻게 하시겠어요?"

그러자 그가 말한다.

"말씀드릴 수 없습니다."

하지만 그를 계속 괴롭히며 내가 다시 묻는다.

"하지만 도움이 될지 확실하지도 않은데 왜 치료를 선택해야 하는 것처럼 저를 몰아대는 건가요?"

그러자 그가 종말의 주문을 외운다.

"할 수 있는 건 다 해보고 싶은 겁니다. 그렇게 밖에는 할 수 없어요."

그래서 내가 말한다.

"그런데 문제는 그게 내 몸에 대고 하는 거라는 거죠."

하지만 단언컨대 그는 눈도 깜짝하지 않는다. 내 몸이라는 건 관련이 없는 이야기니까. 내 몸이라는 건 개인적이고 특정하니까. 내 몸이라는 건 그의 방향으로 가려면 그냥 관통해야 하는 거니까. 내 몸이라는 건 더 정확한 정보를 얻기 위해 희생되어야 하는 거니까. 파키스탄에서 무인 폭격기가 결혼식장에 폭탄을 퍼부어 신랑은 박살이 나고 엄마는 그저 갈가리 찢긴 옷 조각으로 남았을 때 신부가 과연 어떤 심정이었을지 그때 문득 깨닫는다. 알 카에다에 할 수 있는 건 다 해보고 있던 것이다. 그러자 갑자기 나의 감염과 장기를 감싸는 흉터 조직이 사랑스러워진다. 내 몸에 그들이 할 수 있는 걸 다 해보지 못하도록 그것들이 나를 보호하는 것이다.

후에 뎁이 함께 일했던 천재적인 뇌 전문 외과의 이야기를 해줬다. 그는 뇌의 악성종양을 제거하기 위한 수술을 했는데 대부분의 경우 환자들이 죽었다는 것이다. 그래서 한 번은 성공률이 얼마 되지도 않는데 왜 그 부위에 계속 수술을 시도하려 하냐고 그녀가 물었고 그는 이렇게 대답했다.

"때로는 정말 성공을 하니까. 성공은 모든 실패에 가치를 부여하지."

그는 자신이 성공한 경우들이 공통적으로 가졌던 특성을 찾아낼 수 있게 되었다. 모든 환자에게 수술 후 상처에 농양성 감염이 생겼는데, 몸이 감염에 맞서 싸우면서 동시에 암세포와도 맞서 싸우게 되었고, 결국 농양성 감염이 병을 치료한 셈이었다고 그는 믿었다.

어쩌면 그저 지푸라기라도 붙잡는 심정이었는지 모른다. 그러나 나는 지푸라기가 좋다. 집으로 돌아와 내 종양을 끌어안는다. 그것은 나를 괴롭히지만 또한 저항하는 나의 면역체계를 작동시킨다. 나는 종양이 필요하다. 무하마드 알리의 사인이 적힌 권투 장갑을 낀다. 거울 앞에서 나 자신과 권투를 한다. 〈우리가 왕들이었을 때When We Were Kings〉를 여섯 번째 본다. 자이레의 킨샤사. 알리와 포먼. 럼블 인 더 정글. 역사상 가장 의외의 승리. 그게 바로 내가 하려는 것이다. 그건 알리의 지구력이었다. 포먼은 어렸다. 자신이 가진 모든 것을 1라운드에서 다 보여줬다. 이 감염처럼 말이다. 알리는 로프에 매달린 채 자신에게 쏟아지는 주먹세례를 수백 번 견뎌냈다.

심지어 알리의 가장 큰 후원자조차 포먼에게 돈을 걸었다. 하지만 알리는 다른 것들, 더 큰 것들을 위해 싸우고 있었다. 그는 8라운드에서 포먼을 때려눕혔다.

다른 사람 되기

매일같이 마마 C에게 전화를 한다. 수술 후에 심하게 투약이 된 상태든, 심한 통증에 시달리든 우울한 상태든 상관없다. 등을 곧추세우고 앉아 다른 목소리를 낸다. 다른 사람이 되는 것이다. 마마 C는 타락한 도급업자와 제대로 움직이지 않는 유니세프 운영진, 제대로 된 길이 없어서 운송할 수가 없는 시멘트, 시시각각 치솟는 가격, 물과 전기의 부족, 계속 마을마다 치고 들어오는 학살, 잠깐 한 눈을 팔면 아기들까지 쓸어가버릴 정도로 엄청나게 집중적으로 쏟아붓는 빗줄기 등으로 포위 공격을 받고 있다.

매일같이 마마 C에게 전화를 한다. 내 몸 상태가 통화를 하기에는 너무 안 좋다고 사람들이 말한다. 하지만 솔직히 말하면 그 통화 때문에 살고 있다. 15분이나 30분, 때로는 1시간의 통화 동안, 나는 어둠과 공포를 밀쳐내고, 나약함과 구역질을 밀쳐내고, 여행을 한다. 이야기를 듣는다. 크리스틴에게 그날 아침의 모습을 들려달라고 한다. 그녀는 온갖 새들의 요란한 합창과, 이웃의 장례식 이후 한 주 내내 밤새도록 계속된 그 노랫소리 때문에 잠을 잘 못 잤다고 말해준다. 기막히게 맛있는 망고와 딱 맞게 익은 아보카도를 나무에서 따 먹은 일, 그리고 저스틴과 그녀의 극단이 동네 교회에서 〈버자이너 모놀로그〉를 공연하다가 질과 강간에 대해 열띤 토론을 하느라고 공연이 중단되기도 했던 일도 자세히 들려준다. 에센스가街에 어떻게 갑자기 암소들이 나타나서 3시간 동안 교통이 막혀 있었는지도 말해준다. 환희의 도시가 문을 열었는데 그곳 여성 생존자들의 사진을 찍는 일은 허용되지 않는다고 말해준다. 그곳은 동물원이 아니니까. 무퀘기와 가까운 친구의 아이들이 도로 한가운데에서 공격을 받았고, 부인은 칼에 찔리고 미쳐버렸는데, 도대체 누가 왜 그랬는지 아무도 모른다고 이야기한다.

커다란 밭을 일궈 채소를 기를 거라고 그녀가 말하고 나는 염소도 키울 수 있느냐고 묻는다. 직원들과 그들의 훈련, 기금 마련과 개막식에 대해 이야기하고, 첫번째로 외국에 공부하러 나간 여성 천명이 졸업해 마을로 다시 돌아오면 엄청난 변화가 일어날 것이라 상상한다. 마마 C가 때로 아주 침울해 있으면, 기운을 차리게 하려고 있는 힘껏 애쓴다. 때로 그녀는 모든 게 잘되어가는 것처럼 거짓말을 한다. 내가 하소연을 하는 건 거의 불가능하다. 콩고에서는 암 따위는 거의 이야깃거리도 못 된다. 그 말조차 거의 쓰이지 않는다. 부카부와 키부 주 어디에도 컴퓨터 단층촬영 기계가 없기 때문에 사람들이 암에 걸리면 그때는 이미 늦은 경우가 대부분이다. 누공

이 생긴 여성들은 요실금에 시달리는데, 주머니를 달 만한 사정이
되지 않기 때문에 그냥 평생 오줌을 흘리고 다닌다. 심지어 숲 속의
외떨어진 곳으로 추방되는 경우도 있다. 잔은 수술을 8번이나 받았
다. 알폰신은 튜브와 기도로 겨우 버티고 있다. 그런데도 그 두 사람
모두 다른 여성들을 돌보며 살고 있다.

　마마 C는 벨기에인이자 콩고인이다. 나를 이브 대신 엡이라 부
르고 화학치료를 키미오라 부르며 엡을 걱정한다. 키미오. 보드게
임이나 행운을 가져오는 무엇처럼 들린다. 내가 죽을지도 모르고
그래서 환희의 도시에 혼자 남겨질 수도 있다는 그녀의 두려움에
대해서는 꺼내지 않는다. 내 암 때문에 완전히 비탄에 빠진 무퀘기
에 대해서도 이야기하지 않는다.

　몇 년 전에 대규모 행진과 시위를 조직했다. 적어도 5천 명의 여
성이 부카부의 거리로 나가 강간과 전쟁, 고문에 대해 항의했다. 그
러다가 광대한 들판에 집결하게 되었다. 몸을 훼손당하고 버려진
여성 수천 명이 무자비하게 내리쬐는 태양 아래에 서 있는 동안, 국
제사회와 지식층 여성, 영부인은 차양을 치고 앉아 있었다. 나무 상
자 외에 연설을 할 만한 이렇다 할 단상이 없었다. 나는 그다지 멋
져 보이지 않는 백인 여성 체 게바라처럼 보였다. 하루 종일 행진을
한 데다 검은색 모자를 쓰고 있었으니까. 엄청나게 크고 강렬한 핑
크색 모자를 쓴 영부인은 LSD에 취한 다이애나 황태자비처럼 보였
다. 크리스틴이 내 말을 통역해줬다. 그런데 우리가 기우뚱한 상자
위에서 떨어지지 않으려고 서로 허리를 부둥켜안고 있을 때 기적

같은 일이 벌어졌다. 그녀는 엄청나게 키가 커서 내가 아주 작아 보였다. 마이크는 하나밖에 없었다. 내가 분명 연설을 먼저 시작했을 텐데 솔직히 우리 중 누가 연설을 하는지 알 수 없었다. 내가 영어로 시작한 이야기를 그녀가 프랑스어로 끝냈다. 우리 몸은 거의 하나처럼 엉켜 있었다. 우리는 콩고 들판의 상자 위에서 터져 나온 한 세트의 여성적 저항이었다.

최고의 서비스를 조심할 것

소파 위의 나는 온통 고름 바다다. 이제는 주머니가 두 개다. 하나는 농양을 빼고, 다른 하나는 배설물을 뺀다. 감염과 항생제와 신경안 정제로 허약해졌고 식욕도 잃었다. 기름이 만灣으로 쏟아져 나오는 화면에 시선을 고정한 채 계속 보고 있다. 기름에 전 펠리컨과 죽은 아기 돌고래 시체가 해변으로 밀려왔고, 알고 보니 자궁이 없어도 충분히 히스테릭한 상태가 될 수 있다. 나를 돌보는 사람은 모두, 특히 루가 무척 화를 내면서 비디오를 꺼버리려 하지만, 기괴하게도 기름 유출을 바라보는 일이 위안이 된다. 정말 죽는 것은 아무렇지 않다. 바다가 피를 흘리는 세계에서 살고 싶은 사람이 누가 있겠는 가? 엄마가 멕시코 만에 살고 있으며 그곳이 엄마가 가장 좋아하는 곳이라는 이야기를 했던가? 엄마가 왜가리와 갈매기, 펠리컨을 하 나하나 다 알아볼 수 있고, 나는 엄마의 그런 점을 좋아한다는 이야 기를 했던가? 심지어 이름도 지어줬다. 엄마는 돌고래가 언제 오는

지, 그 계절과 시간을 안다. 심지어 아파트 안에 앉아서도 돌고래가 왔다는 걸 느낌으로 안다. 어떤 때는 갑자기 하던 일을 멈추고 현관으로 뛰어나간다. 마치 돌고래가 부르기라도 하듯이. 그곳 해변의 기름에 엄마가 거의 죽을 수도 있음을 안다. 지난 30년간 세 차례의 다른 암으로 이미 너무나 마르고 허약해진 엄마. 한 번은 갑상선, 그다음은 폐, 그리고 마지막 최근 것은 방광이었다. 3시간째 비디오카메라로 찍은 기름 유출 장면을 보고 있는데 루가 들어와서는 컴퓨터를 뺏어버린다. 또 한바탕 훈계하려나 보다 하는데, 머뭇거리며 부드럽게 그녀가 말한다.

"다시 왔어."

"뭐가?"

내가 묻는다.

"암 말이야. 엄마 방광에 암이 다시 생겼대……. 언니한테는 이야기하지 않기로 했지만, 좀 심각해. 수술을 받으셔야 한대."

루를 쳐다보지 않는다. 가만히 컴퓨터로 손을 뻗는다.

그날 저녁 늦게 주머니가 다시 터지고 끔직한 악취가 다시 풍기고 나는 주저앉는다. 다음 날 다시 슬론-케터링으로 간다. 이번에는 의사와 인턴 모두 참을 수 없이 짜증스러워함을 느낄 수 있다. 내가 아주 지긋지긋한 것이다. 내 몸의 감염이 너무 오래 계속되고 있고 내 몸은 마땅히 해야 할 일을 하지 않고 있다. 다시 컴퓨터 단층촬영을 하자 농양을 빼내는 관이 제자리에 있지 않음이 드러났다. 아직 고여 있는 농양에 닿지를 않는 것이다. 다시 한 번 내 상처에 관이 달린 바늘을 찔러 넣어야 하는 것이다. 두번째에 여자 의사는 제대로 진통제를 주입하지 않고 오직 간호사만이 내 비명을 듣는다. 집으로 돌아오지만 농양이 나를 집어삼키고 있음이 분명해진다. 내가 이 일을 8번을 할 수 있을지 확신이 서지 않는다. 택시 뒷자리에서 컵을 들고 게우며 다시 병원으로 간다. 도착해서는 응급실에서 9시간을 기다린다.

너무 허기져서 병이 날 지경이 되자 드디어 조금 먹어도 된다는 허락이 떨어진다. 샐러드를 한 번 떠먹자마자 임상 간호사가 들어와서는 농양 수술을 받을 수 있는 기회를 완전히 망쳐버렸다며 고함을 치기 시작한다. 그렇게 사납게 굴 필요는 없지 않느냐고 루가 말한다. 내가 아픈 게 안 보이는 거냐며. 이게 바로 에이즈에 걸린 아이들을 살리기 위해 애쓰며 지난 30년을 보낸 내 동생, 가장 가난한 동네에서 어린아이들을 돌보는 데 온 세월을 바친 내 동생이다. 인생의 초기에 일어나는 일이 모든 걸 결정하게 됨을 아는 것이다. 루는 섣부르게 건드리지 않는 게 좋다.
임상 간호사가 자리를 뜨더니 10분 후에 180도 달라진 모습으로 돌아온다. 그러고는 수술할 준비가 되었다고 말한다. 그녀가 수술에 대해 앞서 거짓말을 한 건지 아니면 루를 혼내려고 나를 죽일 심산인지 알 수가 없어 이제는 내가 겁에 질린다. 어느 쪽이든 상황은 좋아 보이지 않고 정말 좋지 않다. 이번에는 처음 보는, 어리고 준수하게 생긴 신참내기 의사가 있었는데, 막 일을 끝내고 나가려는 참에 이 시술 때문에 불려 온 것이 확실했다. 서열상 맨 꼴찌라 선택의 여지가 없는 것인데, 그렇다고 그가 상냥하다는 것은 아니다. 분명 저녁 약속이 있는데 나의 이 악취 나는 고약한 고름 덩어리가 그를 붙들고 있는 것이다. 그가 농양을 잘라내고 빼내는 이 시술을 별로 해본 적이 없거나, 아예 한 번도 안 해봤음을 나는 즉각 알아챈다. 당직을 서는 간호사는 나이가 지긋하고 경험이 더 많지만 의사는 듣지도 않는다. 작은 목소리로, 이번이 세번째인데 모두 너무 고통스러웠음을 설명하려 애쓴다. 나는 퇴행하여 갑자기 봐달라고 진통제를 놔달라고 속삭이듯 애걸하는 열 살짜리 여자아이가 된다. 의사는 들은 체도 않지만, 간호사가 내 말을 듣고는 저녁 약속에 늦은 의사가 시술을 시작하기 전에 재빨리 내게 투약을 한다. 감염이 된 나는 허약해서 저항할 힘도 없다. 상처에 정원용 호스를 쑤셔 넣는 느낌이 들고 내 입에서 비명이 튀어나온다. 진정으로 비명을 지른다. 간호사가 친절하게 내 손을 잡는다.

"그만. 제발, 그만. 이건 너무해. 너무 아파, 아프다고. 그만."

그는 멈추지 않는다.

"제발 진통제를 좀. 진통제를 놔줘요. 이건 너무해. 정말로. 제발. 너무 아파."

비명을 지르고 울고 애걸한다. 안정제를 주사했다고 간호사가 말한다. 그 안정제는 나도 아는데 그건 시간이 너무 걸린다고 내가 말한다. 그녀가 뭔가를 더 주사한다. 그게 뭔지 전혀 알 수는 없지만 그녀가 겁이 나서 허둥대느라 과다하게 투약했음이 분명하다. 비명을 지른다. 그만. 그만. 의사는 그저 정원용 호스를 감염된 내 몸 안으로 더 깊숙이 쑤셔 넣을 뿐이다. 더 깊이 더 깊이. 차라리 손으로 내 입을 막았으면. 비명을 지르지 말고 아무 말도 하지 말라고 이야기했으면. 내가 사실은 거기에 있지도 않은 거라고 내게 말해줬으면. 나는 비명을 지르고 그는 길고 두꺼운 관이 딸린 바늘을 쑤셔 넣는 일이 영원히 계속된다. 그러다가 그가 문득 일을 끝낸다. 돌연히 마무리 작업을 하더니 방사선복을 벗고는 나를 한 번 쳐다보지도 않은 채 나가버린다. 멍들고 까지고 욱신거리며 얼이 빠진 채로 수술대에 누워 있다. 나는 이 상처를 안다. 끝난 후의 이 얼빠진 상태를 안다.

간호사가 해줄 수 있는 것이라고는 내 손을 부드럽게 잡아주는 것이고 나는 꺼이꺼이 통곡하기 시작한다.

다음 날 아침부터 반나절이 지날 때까지 꼼짝도 말 한마디도 하지 않는다. 암울함에 푹 빠져 침대에 누운 채 내 장례식을 차근차근 준비한다. 장례식은 아무런 특색도 없이 무미건조하다. 나라도 참석하지 않겠다. 갑자기 토스트가 방에 나타난다. 짜증이 난다. 그는 마마 C가 전화를 했는데 중요한 일인 것 같다고 말한다. 그가 무슨 꿍꿍이인지 안다. 가능한 한 활기찬 목소리를 꾸며내지만 마마 C는 내가 엉망임을 알아챌 것이다. 전화를 해서 미안하다고 말하지만 그녀가 당황하고 불안한 상태임을 알 수 있다. 환희의 도시의 도급업자가 며칠 동안 보이지 않아 인부들은 임금도 받지 못하고 있다는 것이다. 대규모 파업이 벌어지기 직전이고 보기 좋은 광경은 못 될 것이다. 그녀는 내가 유니세프에 연락을 해줬으면 했다. 자기혐오가 눈 깜짝할 새 분노로 바뀌고 나는 킨샤사에게 전화를 한다. 목소리에 가득한 분노와 격정에 나 자신도 깜짝 놀란다. 돈도 있고 영예도 있는 단체에 대해, 병들고 고통받는 사람들을 치료하고 돕는 것이 목적이지만 그들을 직접 보려고 하지도 않는 단체에 대해, 격분한다. 힘 있는 자의 무관심과 단련된 중립성에 대해 격분한다. 정신이 다른 데 팔린 종양 담당 의사와 비난조의 방사선 전문의, 로큰롤 도관 담당 외과의, 저녁 식사에 늦은 가학적인 의사 녀석, 저임금으로 혹사당하는 불만에 찬 간호사들 때문에 내 팔을 뒤덮은 피멍에 대해 격분한다. 게다가 이것이 최고의 서비스다. 슬론-케터링이니까. 여기서 최고의 서비스를 받는다는 건 불평해서는 안 되고 한 번도 받아본 적도 없는 것에 대해 고마움을 표시해야 함을 의미하는 것이다.

그렇게 격분하면서 활력이 돌아와, 나는 기운을 차리고 링 위에 다시 선다. 바로 토스트가 의도했던 바대로.

방 안을 왔다 갔다 한다. 나에게 고약한 냄새가 난다. 옷을 벗는다. 알몸으로 서서 거울 속의 내 모습을 본다. 새로 단 주머니에 손을 대보고 내 몸에서 빠져나오는 농양을 바라본다. 다른 쪽으로는 내 배설물이 담긴 인공항문 주머니가 있다. 겨우 2~3개월 만에 이 모든 일이 일어났다는 게 믿기지 않는다. 삐쩍 마르고 병약한 모습이지만 내 눈 속에 어떤 맹렬한 빛이 번쩍인다. 나는 사투를 벌이고 있다. 내 주머니는 권총집이다. 그 안에는 농양과 배설물이 아니라 총이 들어 있고, 그것을 재빨리 꺼내 슬론-케터링을 겨누고는 탕! 총을 발사한다.

멍청한 학생 5.2B 단계

나의 내과 전문의인 카츠를 20년 동안 알고 지냈지만 한 번도 집에 직접 찾아온 적은 없었다. 그러니 그가 마치 마술처럼 내 다락방에 나타난 건 아주 놀라운 일이다. 나를 한 번 쓱 보더니 몸무게가 적어도 30파운드는 빠졌겠다면서 심각하게 걱정한다. 내가 매요 클리닉, 아니면 자신이 연결되어 있는 뉴욕의 베스 이스라엘 병원에 들어가야 한다고 강력히 요구한다.

베스 이스라엘에서 엄청나게 삐쩍 마른 중·서부 출신의 의사 카울로스를 만난다. 그는 직업과 관련된 부분에서 배려심이 많고, 관심을 보이며 간단명료하다. 너무 삐쩍 말라서 어딘가 좀 양성적인 면이 있어서인지 그가 골반 검사를 할 때 침범당한다는 느낌을 덜 받는다. 수술 후 처음 받는 검사라서 아주 팽팽하게 긴장한다. 그는 부드럽다. 그렇게 내려다볼 때 내 안이 어떤 모습일지 상상조차 할 수 없다. 그가 의사 샤피로를 불러들인다. 둘 다 카츠의 친구이고 나는 그들을 좋아한다. 둘은 나를 바라보면서 말을 한다. 샤피로가 향후 치료 방법에 대해 간략히 설명한다. 이제 내 몸 안에 암세포는 없다고 한다. 치료는 예방을 위한 것이다. 그건 좋은 일이다. 빨리 자라는 암이기 때문에 바로 시작해야 한다고 말한다. 이번 주말쯤에는 농양성 감염이 다 없어지기를 바란다고 말한다. 치료를 3B단계 암으로 해야 할지 4B단계 암으로 해야 할지는 아직 더 생각해야 한다고 말한다.

그 말에 나는 거의 의자에서 떨어질 뻔했다. 3단계나 4단계 암이라고? 내가?

그들은 규칙을 어겼다. 내가 가지고 있는 규칙. 단계를 논하지 말 것. 규칙은 5학년 때로 거슬러 올라가는데, 그때 교외의 상류층 마을에 있던 우리 중학교에서는 머리 좋고 자신감 있는 아이들—미래에 아이비리그에 입학하거나 회사 중역이 될—과 느리고 의존적인 못난 아이들을 따로 구분하는 정책을 만들기로 결정했다. 5.0, 5.1, 5.2B, 5.2G의 네 집단으로 나눴다. 5.0이 제일 높은 집단이었다. 배정을 받았던 날이 기억난다. 굵은 빨간색 글씨로 내 카드에는 5.2B(blue를 뜻한다고 했지만 bad의 의미일 거라는 생각을 지울 수가 없었다)라고 쓰여 있었다. 권위자들이 평생 동안 나는 바보로 살 거라고 낙인찍은 것만 같았다. 멍청한. 멍청한과 비슷한 뜻을 가진 말은 많다. 어리석은, 철없는, 분별없는, 경솔한, 신중하지 못한, 현명하지 못한. 그러나 그 중 어떤 것도 멍청한만큼 정말로 안 좋게 느껴지지 않는다. 어떤 것도 멍청한이라는 단어만큼 상처를 주지는 않는다.

"왜 그런 짓을 했어? 정말 분별없는 행동이었잖아."

분별없는에는 다정함이 있지만, 멍청한은 그렇지 않다. 멍청하다는 말은 당신 안 깊숙이, 당신의 피와 존재 속으로 곧장 들어가는 말이다. 세포 속으로. 그건 폭력적인 말이자 오명, 주홍글자 S이고, 슬프게도 아빠가 나에게 즐겨 쓰던 말이었다. 멍청이. 이브, 멍청이. 멍청한 이브. 나한테 어떻게 이렇게 멍청한 딸이 생겼을까? 어떻게 이렇게나 멍청할 수가 있니? 이보다 더 멍청할 수도 있는 거니?

지금까지 내가 살면서 한 일이라고는 내가 멍청하지 않음을 증명하는 것이었다. 멍청하지 않음을 증명하기 위해 여러 번, 아주 여러 번 위험한 지경에 빠지기도 했는데, 그건 더 멍청한 일이었다. 읽지도 않은 책을 읽은 척하고 모르는 것을 아는 척했다. 질문을 한다는 건 멍청하다는 걸 나타내기 때문에 물어보고 싶은 것도 절대 묻지 않았고, 그래서 멍청하지 않음을 증명하느라 어리석음은 더 심화될 뿐이었다.

5.2B가 가장 최악의 집단이었다. 우리는 주의력 결핍증에 걸린 아이도, 언어장애나 학습장애가 있는 아이도 아니었으니까. 아니, 신체적·정신적으로 장애가 있는 아이는 5.2G^{Gold}였다. 금이라고 붙인 건 그 아이들이 특별하다고 느끼게끔 하려는 의도였던 것 같다. 자신의 문제를 자신이 초래한 것은 아니었으니까. 5.2B는 어딘가

잘못된 아이들이었다. 뚱뚱한 아이, 여드름투성이, 우울증에 걸린 아이, 너무 심하게 내향적인 아이, 행동장애가 있는 아이, 머리카락이 끊어지고 기름기가 줄줄 흐르는 아이, 공격적인 아이, 위협적인 남자아이.

5.2B는 감옥이었다. 나는 어떤 면에서는 그 감옥을 한 번도 벗어나지 못했다. 얼마나 많은 책을 읽고 또 썼는지는 중요한 게 아니다. 표창장을 몇 개 받았는지도 중요하지 않다. 나는 영원히 5.2B라고 찍힌 것이다. 그리고 지금 샤피로는 내게 새로운 표식, 새로운 범주를 준 것이다. 밑바닥bottom이라는 의미의 새로운 B.

0단계: 비정상적 세포가 자궁의 내벽 표면에서만 발견이 된다. 의사들은 이것을 전암상태前癌狀態라 부른다(여기서도 역시 0이 당신이 원하는 자리다).

1단계: 종양이 자궁의 내막 표피로부터 내막 안으로까지 자란다. 자궁근층까지 침입했을 수도 있다.

2단계: 종양이 자궁경관까지 침입했다.

3A단계: 종양이 자궁의 가장 바깥층, 자궁 바로 다음의 조직까지 퍼졌다. 복막까지 퍼졌을 수도 있고 아닐 수도 있다.

3B단계: 종양이 질까지 퍼졌다.

3C단계: 종양이 자궁 근처의 절까지 퍼졌다.

4A단계: 종양이 방광까지 퍼져, 장의 벽까지 퍼졌을 수도 있다.

4B단계: 종양이 복부나 사타구니의 림프절을 포함해 골반 바깥까지 퍼졌다.

3단계 암은 5년간 생존할 가능성이 60퍼센트다. 4단계 암은 5년간 생존할 가능성이 15~26퍼센트다.

사실을 있는 그대로 이야기하자면, 매요 클리닉에서는 내가 4B단계라고 결정했다(사타구니의 림프절에 암세포가 있었으므로). 베스 이스라엘에서는 3B단계로 보았다. 어느 쪽이든 결국 다 B였다. 다 나빴다.

데이터에는 뭔가 따분하면서도 인정사정없는 면이 있다.

4B단계 암의 생존자. 강간 생존자. 하지만 나는 데이터가 아니고 어떤 범주나 등급으로 판단되거나 쉽게 처리되고 싶지 않다. 당신이 강간을 당했다고 말하면 사람들은 떨어져 나간다. 돈을 잃었다고 말하면 더 이상 전화하지 않는다. 집이 없다고 말하면 보이지 않는 존재가 된다. 암에 걸렸다고 말하면 사람들은 엄청 겁을 먹는다. 뭐라고 말해야 할지 모르는 것이다.

우리 자신에 대한 이해가 고정된 꼬리표나 단계가 아니라, 우리 자신을 완전히 바꿔놓을 수 있는 자신의 능력과 의지, 행동에 기초한다면 어떨까? 계속 바뀌면서 사람을 놀라게 하는, 통제 불가능한 이 삶이라는 골칫덩어리를 끌어안고, 삶이 죽음과 아주 가깝고 연결되어 있다는 사실을 받아들인다면? 죽음에 대해 이야기하는 것조차 두려워하는 대신에 우리의 삶이 어떤 면에서는 죽음을 준비하는 과정이라고 생각한다면? 죽음에 대해 곰곰이 생각하고 그것에 대해 이야기하고 그 안에 들어가고 리허설도 해보고 시험 삼아 해볼 수도 있도록 배운다면 어떨까?

우리 삶이 어느 지점까지만 소중한 거라면? 삶이란 그냥 느슨하게 붙들고 있는 거라 아무 보장도 없음을 이해한다면? 그래서 병에 걸렸을 때 어떤 단계에 있는 것이 아니라 그 모든 게 단지 과정일 뿐이라면? 그리고 실연으로 비탄에 잠기거나 직장을 새로 구하거나 학교에 들어가는 것처럼 암 역시 선생님이라면? 쫓아버리거나 어떤 말기 단계로 분류하기보다, 영혼을 무르익게 하고 가슴을 열어주는 어떤 변화의 와중에 있는 사람으로 여기면서 동시에─죽어가고 있을지라도, 혹은 그렇기 때문에 더욱─내가 공동체에 속해 그로부터 도움을 받을 수 있다면 어떨까? 그리고 그 모든 것이 우리가 기다려온 것이라면? 열림의 순간, 우리 주변의 모든 사람이 깨어나고 더욱 성숙해지는 순간이라면? 경쟁하고 획득하고 소비하고 4단계나 5.2B라고 서로에게 딱지를 붙이는 것이 아니라 이것이야말로 우리가 여기에 있는 의미라면 어떨까?

정신이 빙빙 돈다. 샤피로가 여전히 이야기를 하고 있다. 내가 그의 말을 자른다.

"암이 다 제거됐다면 화학치료가 꼭 필요한가요?"

그는 뻔한 이야기를 한다.

"세포 하나의 문제예요."

하지만 하나의 세포란 언제나 있지 않을까? 세포를 몽땅 죽이지 않는 다음에야 화학치료가 어떻게 나쁜 세포만 모두 골라내 죽일 수 있다는 말인가? 세포를 하나도 남김없이 죽인다면 내가 어떻게 살아 있을 수 있다는 말인가?

화학치료 병동, 주입 스위트룸

카울로스와 샤피로를 만난 후 우리는 화학치료 병동을 안내 받았
다. 그곳은 주입 스위트룸^{infusion suite}이라고도 알려져 있는데, 마치 무
슨 고급 찻집이나 향기요법 온천처럼 들렸다. 하지만 아니었다. 거
기에는 나이 든 사람과 병든 사람, 머리카락이 다 빠진 사람과 죽어
가는 사람이 있었고 이제는 나도 그 중 하나였다. 그 중 하나가 되
고 싶지 않았다. 빤히 쳐다보지 않으려고 애썼다. 책을 읽는 사람,
뭔가를 먹는 사람, 멍하니 허공을 바라보는 사람, 독약이 든 관이
유독성의 '카보플라틴 택솔 플루오로라실 독실'을 혈관에 주입하는
동안 졸고 있는 사람. 혼자 있는 사람들은 유난히 외로워 보였다.
하지만 내게 엄청난 충격으로 다가온 것은 그들의 처연하고도 말
없는 굴복이었다. 유예된 채 동떨어진 안락의자에 작은 담요를 덮
고 앉은 그들은 아무 저항 없이 종말을 향해 이송되고 있었다. 소리
라도 지르고 싶은 심정이었다.

'이것 봐요! 나는 당신들이 보여요. 이야기 좀 해요. 우리는 싸울 수 있어요. 모두 같은 상황에 있다고요.'

고등학교 시절, 인기 없는 여자아이들을 모아 조합을 만들려고 했던 때의 심정과 같았다. 린다 C와 페기 S에게 전화해 집으로 초대를 했더랬다. 그리고 말했다.

"솔직히 인정하자. 우리는 인기가 없어. 우리끼리 조직을 만들자. 권력을 되찾아 오는 거야."(정말로 이렇게 이야기했는지는 잘 모르겠지만 나 나름의 계획이 있었다) 그건 실패로 돌아갔다. 린다와 페기는 너무 비사교적이었고, 사실 그래서 그들이 인기가 없었던 것인데, 게다가 그들은 인기 없는 여자아이들의 반란을 주동할 마음이 없었다. 이 야비한 학교에서 살아남아, 성인이 되어 딴사람이 되기를 바랄 뿐이었다. 딱히 나와 친해지고 싶은 생각조차 없었다.

간호사 리자이나가 자기를 소개했다. 토스트와 루는 메모를 시작했다.

"포트를 부착할 것을 권합니다. 포트요? 아, 가슴의 피부 아래 삽입하는 작은 철제 기구예요. 거기에 바로 화학약품을 주입할 수 있죠. 혈관을 하도 찔러 대서 아예 못 쓰게 되는 일을 예방할 수 있거든요. 한 번 하는 데 5시간 걸려요. 화면으로 철저하게 지켜볼 겁니다."

"뭐가 잘못되기라도 하면요?"

내가 물었다.

"심하게 안 좋은 반응을 보이는 경우도 있나요?"

"맨 처음 당신의 몸이 어떻게 반응하는지 아주 주의 깊게 관찰합니다. 어떤 문제라도 생기면 즉시 중단하죠."

"하지만 이미 약이 몸에 들어가서 뭔가 문제가 생긴 거라면, 그것 때문에 사람이 죽는 걸 어떻게 막나요?"

"여기서 죽은 사람은 아무도 없습니다."

그녀는 나를 잘 몰랐다. 내 몸은 이런 것들을 견딜 수 없다는 걸 이해하지 못했던 것이다. 내가 여기서 처음으로 죽는 경우가 될 것이었다. 그러고 나면 여기서 죽은 사람이 아무도 없다는 이야기는 더 이상 못할 테지. 그들의 기록을 망치게 되는 것이다. 그러면 이렇게 이야기하겠지.

'아, 예, 딱 한 사람 있었어요. 어쩌다 극작가가 된 환자가 치료를 시작하고 몇 분 안 되어 죽었죠. 몸이 약물과 잘 맞지 않았어요. 그리고 기이하게도 본인도 알고 있었죠. 감지를 했으면서도 본능에 귀를 기울이지 않은 거예요. 딱한 일이죠.'

미술과 수공예를 통한 소통

화학치료를 받을 수 있을 만큼 기운이 회복되기를 기다리는 동안 어째서 수채화 도구와 파스텔을 찾게 되었는지 나도 모른다. 음악과 마찬가지로 미술과 수공예는 내게는 항상 특히나 악몽 같았다. 그쪽의 재능이라고는 전혀 없었으니까. 갑자기 미술을 갈구하게 되다니 너무나 의외였다. 햄버거에 대한 미칠 듯한 욕구와 마찬가지였다. 세포들이 재배치되면서 그림을 그리고 싶다는 욕망이 저 깊은 곳의 어떤 잊혀진 장소로부터 풀려나 가득히 차오르는 것만 같았다. 내가 아는 것이라고는 그림을 그려야겠다는 것이었고, 누구든 내 다락방에 찾아오면 함께 그림을 그리자고 했다.

마지막으로 미술과 수공예 작업을 한 것은 수년 전 일이다. 레이건 정부 시절이었는데, 그는 핵전쟁에서 이길 수 있다고 단언했다. 나는 네바다 사막의 핵실험 장소에 일단의 여성활동가와 함께 있었다. 우리는 그 장소를 점거하고 봉쇄하는 전국적인 주요 활동에 참여하고 있었다. 우리는 '평화를 염원하는 익명의 여성'이라는 작은 게릴라 집단이었다. 크리스마스 때 전쟁 장난감이나 플라스틱 병정에 경고 스티커를 붙인다든지, 자유의 여신상 분장을 하고 뉴욕 시립도서관의 계단에서 핵무기가 스태튼 섬의 항구로 들어오는 것을 막자는 전단지를 며칠 동안 나눠준다든지 하는 즉흥적인 활동들을 해왔다. 잡혀가기도 많이 잡혀갔고, 이것저것에 피를 뿌렸으며, 담장에 우리 몸을 붙들어 매기도 하고, 도시의 공원에 평화캠프를 차리기도 했다.

우리는 모두 텐트를 어떻게 치는지 거의 아는 바가 없는 맨해튼이나 브루클린 출신이었다. 네바다 사막에서 보낸 첫날 밤, 텐트를 쳐보려 했으나 결국에는 포기하고, 침낭에 들어가 바닥에 엎어져버렸는데, 바닥에는 뱀이나 전갈 같은 것들이 기어 다녔을 뿐 아니라 온통 방사성낙진으로 덮여 있었음이 분명했다. 다음 날 아침의 계획은 수백 명이 실험을 감행하는 장소로 치고 들어가 가능한 한 더 안쪽으로 들어가서 연좌 농성을 하는 것이었다. 그것은 아주 위법적인 행동인 데다가 위험했다. 누군가가 하얀색 종이 접시 한 무더기를 가져왔고, 그것을 보고 가면을 만들자는 아이디어가 떠올랐는데, 한 여성이 가면을 양면으로 만들자고 제안하는 바람에 좀 복잡한 계획이 되어버렸다. 그러니까 한쪽은 그 장소에 걸어 들어갈 때 쓸, '우리는 지구를 위해 싸우는 사람들입니다' 식의 사랑스러운 얼굴, 그리고 다른 한쪽은 경찰이 다가올 때 쓸 '이 새끼들아, 너희는 우리를 막지 못해' 식의 분노한 전사의 얼굴로 말이다. 경찰과 대치하게 되면 가면을 뒤집어쓸 계획이었다. 크레용과 매직 마커 펜이 있었고, 아마 물감도 좀 사용했다고 믿는다. 확실히 다른 여성 동지들은 미술과 수공예에 아주 뛰어났는데, 나는 어쩔 줄 모른 채 꼼짝도 못 하고 있었다. 결국에는 나보다 재능 있는 몇몇이 끼어들어 내 가면을 만들어줬다. 나는 부정 행위를 한 듯한 느낌을 받았다. 우리는 모두 팔짱을 단단히 끼고 '우리의 지구를 살려요'라는 사랑스러운 가면을 쓴 채 실험 장소로 들어가 앞으로 나아갔다. 그러자 갑자기 번쩍이는 선글라스를 쓰고 나무 곤봉을 든, 그리고 육중한 벨트에 흰 플라스틱 수갑 수백 개를 매단, 제복을 입은 거대한 네바다 주 경찰 수백 명이 나타났다. '이 새끼들아'의 전사 가면으로 뒤집어 쓸 시간조차 없었다. 우리를 바로 바닥에 내동댕이쳐서 거칠게 수갑을 채우고는 바깥의 거대한 철창 안으로 마구 끌고 갔기 때문이다. 뜨거운 태양 아래 하루 종일 우리를 가둬두더니 버스에 태우고 어둠 속을 몇 시간이고 달려갔고, 수갑을 채운 채 어딘지 알 수 없는 곳에 우리를 버리고 갔다.

그로부터 수년이 흐른 지금 여기서 물감과 붓을 앞에 놓고 식탁에 앉아 있다.

나를 보러 온 사람들은 좀 어색해했다. 할 말이 뭐가 있겠는가? 그래서 바로 그들에게 뭐든 함께 그려보자고 제안하곤 했다. 그러면 요술처럼 분위기가 바뀌었다. 예술 작품을 만든다는 생각은 내가 암에 걸렸다는 사실보다 더 큰 충격을 그들에게 주었다. 알고 보니 3학년 때 미술과 수공예 때문에 굴욕을 느낀 건 나만이 아니었다. 그들은 겁을 먹거나 투덜거리며 시작했지만 곧 완전히 빠져들 곤 했다. 이 새로운 방식의 의사소통이 정말 마음에 들었다. 친구들은 내 옆에 앉아 함께 창작을 하곤 했다. 말은 없었지만 함께 공유하는 시간. 다시 어린 시절로 돌아간 것처럼.

사람들은 내가 병이 낫는 이미지를 그리기 시작했다. 음, 내가 그렇게 해달라고 부탁했다. 그림들을 벽에 걸어놓았는데, 그러자 그것은 내 여정의 목적지인 새로운 나라를 맞이하는 형형색색의 깃발이 되었다. 나는 여전히 허약했고 화학치료를 받을 생각만 해도 그저 겁이 났다. 농양이 생긴 이유가 내 몸이 그 치료를 거부해서라는 식으로 생각하지 않으려고 노력했다. 친구들과 가족이 필요했다. 그들의 비전과 냉소주의와 그림이 필요했다. 조카인 캐서린은 내가 상태가 좋아져 주머니를 차지 않아도 될 때 먹을 수 있는 온갖 것들을 그림으로 그려줬다. 사람들은 나비, 부처, 실존주의적 풍경 등, 탈바꿈하는 온갖 종류의 것을 그렸다. 내가 맨 처음 그린 그림에서 나는 바다 저 멀리 나간 보트를 혼자 타고 있고, 하늘에는 폭풍우가 칠 것처럼 구름이 잔뜩 끼어 있다. 푸르바는 내 초상화를 얼굴이 없는 채로 그렸는데, 어떤 면에서는 내 마음을 편안하게 했다. 형태는 있지만 나의 새 정체성은 아직 나타나지 않은 상태였다. 킴은 여러 층으로 된 치유적 우주 만다라를 그렸다.

손녀 코코가 이전과는 달리 쇠잔해가는 할머니의 무서운 상태를 받아들이기 시작한 것은 함께 그림을 그림으로써였다. 코코와의 관계는 내가 평생 가졌던 관계 중에서 완전한 관계에 가장 가까웠다. 이란과 아일랜드 혈통에 놀랄 만큼 아름다운 그녀의 엄마 시바로부터 그 아이를 건네받아 내 팔에 안았을 때부터 우리는 하나였다. 서로 너무 융합된 것은 아니고, 친연성과 세계관, 기운, 서로 연결된 생애 속에서 함께했다. 그 아이는 내 아들이 여자로 태어난 격으로, 아빠와 같은 눈과 주근깨를 가졌고 말하기를 좋아한다. 심지어 아기 때부터 악동 같은 유머 감각이 있었다. 끝없이 계속 놀자고 하며 도대체 잠자리에 들지를 않았다. 사람을 좋아해서 여러 사람을 관찰하고 이것저것 해보기도 좋아했다. 우리는 비밀 암호와 이야기를 갖고 있었다. 한 번은 내가 '자기 사람'이고 자신은 내 것이라고 말해줬다. 그 아이가 이제 열세 살인데, 더 나이 먹기를 엄청 싫어한다는 걸 알 수 있었다. 거의 내가 그랬던 것처럼. 함께 있으면 우리는 어려졌다. 병이 우리를 갈라놓을까 봐 두려웠다. 그 때문에 늙어버릴 정도였다. 내가 그 아이의 삶에 죽음과 상실, 어둠을 끌어들이는 사람이 될까 봐 두려웠다. 그러면 나를 자신의 순수함이 끝나는 순간과 영원히 연관 짓게 될 것이다. 부정적인 할머니가 되는 것이다. 하지만 처음에는 그렇지 않았다. 그 아이가 앙상한 내 몸속으로 부비고 들어왔다. 내가 그 아이의 할머니인 것이다. 내 몸에 달려 있는 이상한 기계들이 무서운 것이지 내가 무서운 것은 아니었다.

그림을 그리고 책을 소리 내 읽으면서 코코와 하루를 보냈다. 코코는 내게 새로운 노래를 들려주고 자신의 페이스북에 있는 친한 친구들의 사진도 보여줬다. 나는 아직도 감염의 마지막 단계에 있는 터라 피곤한 상태였다. 점점 약해지고 있었지만, 애써 무시하며 좀 무리를 했다. 코코에게 강한 모습을 보여주고 싶었으니까. 그녀에게는 건강하게 보이고 싶었으니까. 사람들이 더 왔다. 나의 엄마랑 아주 똑같이 생긴 조카 캐서린과, 모두 내 동생이라고 생각하는 제임스. 그때쯤 내 연기력에 문제가 생기기 시작했다. 의자에서 움직일 수도 없고 얼굴이 창백하고 핼쑥해지기 시작했다. 그러자 그들이 루에게 전화했다.

루가 도착했을 즈음 나는 고열에 시달리며 급속도로 의식을 잃고 있었다. 루는 곧바로 그녀다운 행동에 돌입해 의사에게 전화를 걸고 응급실로 갈 차편을 구했다. 사람들이 나를 문밖으로 들어 옮길 때 코코가 뒤편에서 목 놓아 우는 소리를 들을 수 있었다. 시바가 달래려 애를 썼지만 달랠 만한 상태가 아니었다. 나는 문득 왜 자신의 장례식에는 가지 않는 편이 나은지 알 것 같았다.

나무가 있는 방

그날 밤은 대부분 베스 이스라엘 응급실에서 루와 토스트, 캐서린, 조카 해나와 보냈다. 난폭한 싸움과 칼에 찔려 피가 흐르는 상처, 조산, 심각한 약물 과다 속에서 계속 기다렸다. 새벽 3시쯤에야 소리가 크게 울리는 바닥의 병실로 옮길 수 있었다. 루는 내 침대 옆, 아주 불편해 보이는 의자에서 졸다 깨다 하면서 밤새도록 앉아 있었다. 루가 조는 것을 보았다. 얘가 왜 여기 있지? 뭐가 바뀐 거지? 그러다가 새벽 5시쯤 번뜩 생각이 들었다. 루는 여기 있을 수 있으니까 있는 것이었다. 지금까지 내내 루는 내게 가해진 학대를 지켜볼 수밖에 없었으면서 또한 아무것도 할 수 없었다. 그렇게 무력했기 때문에 어쩐지 자신이 공범자였다는 생각이 들 수밖에 없었을 것이다. 하지만 이제 다시는 그러지 않을 것이다. 이제는 나를 위해 싸울 수 있는 것이다. 나를 도울 수 있는 것이다. 가장 열렬한 옹호자이자 강력한 보호자가 될 수 있는 것이다. 이것이야말로 지금껏 내가 꿈

꿔온 것이다. 루가 당당히 나를 지지하고 사랑을 드러내 보여주고 내가 그녀한테 중요한 존재라고 말해주는 것.

아침에 너무 상태가 안 좋아 먹지도 못하고 구역질하고 완전히 진이 빠진 상태였다. 이 감염이 도대체 사라지기나 할 것인지 심각한 의구심이 들었다. 토스트는 코코와 시바와 함께 일찍 찾아왔다. 코코는 바로 내 침대 위로 기어올라와 내 몸을 감싸고 누웠다. 내가 숨을 쉬고 있는 건지 확인하고 싶었던 거라고 생각한다. 루는 병원에 새로 생긴 구역이 있다는 이야기를 들었고, 그래서 코코가 함께 확인하러 갔다. 그러더니 아주 들떠서 돌아왔다. 며칠 있으면 내 생일인데, 그곳에서 내가 조용히 생일을 축하할 수 있다는 것이었다. 상태도 좋아질 것이라 했다. 간호사도 정말 친절한 것 같다고. 처음에는 개인 병실이 별로 탐탁지 않았지만, 루는 엄마가 병실 사용료를 내고 싶어 한다며 계속 고집을 부렸다. 지어낸 이야기임이 분명했지만 어떤 식으로든 엄마가 나를 돌봐주고 싶어 한다는 생각은 너무나 기적 같은 일이어서 수락했다.

여기서 고백할 것이 있다. 나는 평생 병원을 꿈꿔왔다. 얼굴에 물수건을 얹어주고 침대용 변기를 갈아주고, 나를 끔찍하게 사랑하는 상냥한 얼굴들이 걱정스럽게 위에서 나를 굽어보기를 원했다. 병원은 내게 수많은 백일몽과 성적 판타지의 맞춤 장소였다. 나를 보살피다가 갑자기 유혹하는 의사, 보살피다가 어쩔 수 없이 끌리게 되어 더 이상 억제할 수 없는 상태가 된 의사. 혹은 체온을 재다가 어쩔 수 없이 나와 애무하기 시작하는 간호사. 병원을 극도로 싫어하는 사람들이 있다는 걸 안다. 나는 그런 사람이 아니다. 머릿속에서 모든 것이 소진되어 더 이상 계속할 수 있을 것 같지 않을 때, 나는 햇빛이 쏟아져 들어오는 이 깨끗하고 상쾌한 병실에 빳빳한 가운을 입은 사랑 가득한 사람들과 함께 있는 상상을 한다. 그리고 이제 난데없이 내 꿈은 현실이 되었다.

병실은 깨끗하고 예쁜 것이 내가 꿈꾸던 병실과 같았다. 온갖 기계가 있었지만 인간미가 있었다. 끌어내면 침대로 쓸 수 있는 소파와 작은 부엌이 있고, 침대 바로 앞쪽으로 창문이 있었다. 내가 예상하지 못한 것은 나무였다. 나는 너무 기운이 없어서 생각하거나 글을 쓰거나 전화를 할 수 없었고, 심지어 영화도 볼 수 없었다. 할 수 있는 것이라고는 나무를 계속 쳐다보는 것이었다. 그 나무가 내 시야에 있는 유일한 존재였으니까. 처음에는 그것이 너무 짜증스러웠고, 권태로워 미쳐버리겠다는 생각이 들었다. 하지만 처음 며칠, 그 많은 시간을 보내고 나자 나무가 보이기 시작했다.

화요일에는 나무껍질을 보며 생각에 잠겼다. 금요일에는 늦은 오후 햇빛에 희미하게 일렁이는 푸른 잎에 대해. 몇 시간동안 나를 잊은 채, 내 몸, 내 존재가 나무 안으로 스며들어가게 놓아두었다.

나는 미국에서 자랐다. 미국의 모든 가치는 미래, 꿈, 생산에 있다. 현재형은 없다. 지금 이 상태에는 어떤 가치도 없고, 오직 앞으로 생길 수 있는 것, 지금 있는 것에서 뽑아낼 수 있는 것만이 가치가 있다. 당연히 나 역시 마찬가지였다. 나는 내적인 어떤 가치도

가지지 못했다. 일하거나 노력하지 않으면, 나 자신을 뭔가 중요한 존재로 만들거나 내 가치를 증명하지 않으면 나는 여기 존재할 어떤 권리도 이유도 없었다. 어떤 다른 것에 이르지 않는다면 인생 그 자체는 보잘것없는 것이었다. 나무가 장작이 되고 집이 되고 탁자가 되지 않는다면 나무 자체에 무슨 가치가 있다는 말인가? 그래서 실제로 병원 침대에 누워 나무를 보고, 나무 안으로 들어가고, 나무 안에 내재된 푸른 삶을 발견한 것, 그것은 깨달음이었다. 나는 아침마다 눈을 떴다. 어서 빨리 나무에 집중하고 싶었다. 나무가 나를 데려가도록 놓아두곤 했다. 햇빛에 따라, 바람이나 빗줄기에 따라 매일매일 달랐다. 나무는 강장제였고 치료사였고 지도자이자 스승이었다.

"나무는 절대 다시 보고 싶지 않을 거야."

나는 스물두 살에 버몬트의 푸른 언덕에서 벗어나 맨해튼을 향해 신나게 고속도로를 달리며 큰소리쳤다. 빌어먹을 나무라고 말했던 것 같다. 빌어먹을 나무는 절대 다시 보고 싶지 않다고. 농담이었지만, 또한 농담이 아니기도 했다. 나무를 정말 싫어했으니까. 나무는 작은 시골 마을과 편협한 사람들, 고립과 소문들, 얼어 죽을 것처럼 춥고 긴 겨울과 끝없이 펼쳐진 푸름, 잡아 삼킬 듯한 풍경, 스키 타는 동기생들과 무의미한 수다, 가족과 아이들, 결혼과 인생 등을 뜻하게 되었으니까. 나무는 어느 면을 보나 삶과 관련되어 있었다. 나는 그날 차를 몰고 숲과 언덕, 푸른 하늘과 별이 떨어지는 밤으로부터 벗어나, 콘크리트와 일 마친 후의 마리화나, 마피아의 청부살인업자, 익명의 섹스와 익명의 절망, 진과 버번 위스키, 나무는 물론이고 아침과의 영원한 작별로 들어섰던 것이다. 내가 얼마나 죽고 싶었던 것인지, 혹은 내 안에 고통을 품은 채 살기를 얼마나 원치 않았던 것인지 이제는 알 것 같다.

집단치료를 하던 의사가 한 번은 엄마와의 관계를 이해하고 싶다면 당신이 집단과 맺는 관계를 들여다보라고 말한 적이 있다. 하지만 나는 "이 땅과의 관계를 보라"라고 말하겠다. 나와 분리된 이 땅은 완전히 따로 떨어져 낯설고 무시무시한 존재였다. 그것을 너무나 절실히 원했다가, 더 이상 원하지 않기로 했다.

병실 밖의 나무는 내가 보았으되 볼 수 없었던 나무들, 진정한 사랑 없이 사랑했던 다른 나무들을 내게 가져다줬다. 스카스데일의 나의 집 진입로 끝 쪽에 있던, 가을이면 정신없이 낙엽을 흩뿌려 흰색과 연두색으로 희미하게 반짝거리는 부드러운 침대를 깔아놓았던 수양버들. 늦은 여름이면 귀청이 따가울 정도로 울어대는 매미가 가득한, 크로아티아 바닷가의 위풍당당한 소나무. 케냐의 마라 한중간에 있던 단 한 그루의 나무. 딸에게 여성 할례를 하려는 것을 저지한 후 무척 기뻐서 장난스럽게 계속 내 팔을 주먹으로 쳤던, 구슬로 치장한 마사이의 어느 엄마와 내가 처음으로 마주 앉았던 곳이 외로이 서 있던 그 나무 아래에서였다. 카불의 나무 한 그루, 아니 나무라기보다 반군들이 베어서 태워버린 오래된 나무의 그루터기와, 아주 연로한 쭈글쭈글한 공원 관리인이 어떤 야만인 같은 것들이 며칠 밤 따뜻하게 자겠다고 100년이나 된 나무를 베어 장작으로 써버렸다고 이야기하면서 울던 일.

나의 나무와 사랑스러운 친구들, 그리고 병원에 와서 나와 함께 있었던 파리 시절의 이웃인 MC와 함께 조용히 며칠을 보냈다. MC는 벨기에 사람인데 내가 아는 가장 말이 없는 사람이다. 그녀의 말 없음이 나무처럼 새로웠다. 처음에는 당황스러웠지만, 시간이 지나면서 아주 감칠맛 나게 느껴졌다. 그녀의 존재는 치유이자 위안이었다. 나에게 무엇을 하라고 전혀 요구하지 않았다. 설명을 해달라고도, 재미있게 해달라고도, 이해시켜달라고도 하지 않았다. 아무것도 요구하지 않았고 내 병의 경계를 침범하지도 않았다. 침묵과 존재, 나무와 함께 일주일을 보냈다. 컴퓨터 단층촬영을 한 번더 해야 했다. 관은 건드리지 않은 채 감염이 사라질 거라 믿어보자고 결정했다. 베스 이스라엘에서는 시간이 넉넉했기 때문에 더 세심하게 접근했다. 종양학자들이 보러 왔다. 병실에서 요란스러운 생일 파티를 했는데, 힌두교의 만트라 의식 중 하나인 하레 크리슈나의 한 장면 같았다. 디어드리가 치유를 기원하는 의식을 했다. 여자 친구 몇몇과 토스트는 내게 장미꽃과 기름을 뿌려줬다. 의례의 노래도 불렀다. 루는 눈을 굴리며 함께 어울려보려 애쓰지만 모든 것이 너무 맞지 않았다. 바시아가 만든 레드퀴노아* 요리가 있었는데, 비트^{beet}로 뒤덮인 핏빛의 땅 맛이 났다. 아주 훌륭한 케이크도

---

* 단백질과 필수 아미노산이 풍부한 곡물. '신이 내린 곡물'로 잘 알려져 있다.

있었다. 선물도 많았는데, 대부분 부드럽고 화려한 잠옷과 가운이었다. 멋진 방에서의 신비스러운 파티였는데, 나무는 거기 있었다. 나의 나무. 내가 소유하고 있다는 게 아니다. 그럴 마음이 전혀 없었다. 하지만 나무는 나의 친구가 되었고, 내가 관계를 맺고 명상하는 지점이자 살아야 하는 새로운 이유가 되었다. 나무와 나. 우리는 그냥 거기 있을 뿐이었다. 나는 글을 쓰지도 않았고, 뭔가를 생산하지도, 전화 통화를 하지도, 어떤 일을 주도하고 있지도 않았다(매일 콩고에 전화하기는 한다). 나무를 진실로 이해하는 일 말고 크게 기여하는 바가 없었다. 푸름을 사랑하고 나무줄기와 나무껍질에 마음을 쏟고 나뭇가지를 찬양하고 여기저기에서 마구 피어나기 시작한, 5월의 부드럽고 새하얀 꽃들을 보고 어찌할 바 모르게 기뻐하는 일 말고는 말이다.

까까머리, 내가 아닌 나

인도에서 머리를 빡빡 깎는 것은 주로 힌두교 신자들이 하는 일이어서 다른 식의 머리를 깎는 일보다 더 의례적 의미를 갖는 듯하다.

처음에 나는 머리를 미는 의식을 가질 생각을 했다. 친구를 모두 초대해 보살의 서약을 하는 것이다. 절을 하고, 겸허하게, 빡빡 깎은 머리를 하고 배를 타고 떠나는 상상을 한다. 그런데 계획을 하면서 모든 일이 약간 부풀려지면서 별로 겸허하지 않게 되었다. 그러자 까까머리를 한 엄청 멋진 친구 소냐가 자신은 10번가의 이탈리아인이 하는 이발소에서 머리를 깎는데 10달러밖에 하지 않는다고 말해줬고, 그것은 아주 쉽고 간단해 보였다. 그래서 토스트와 폴라, 소냐, 그리고 소냐의 애인 클레어와 함께 뉴욕의 어느 구식 이발소에 간다.

그곳의 이탈리아 남자 모두가 나의 머리를 가지고 열띠게 이야기한다. 그 중 두 명은 왜 머리를 다 미는지 의아해하고, 빡빡 깎은 머리에 문신을 새기고 엄청난 근육질을 자랑하는 어느 섹시한 남자는 "한번 해보세요"라고 말한다. 암에 걸렸을 뿐이지 내가 원한 게 아니라고 말하지 않는다. 머리에 머리카락 빠진 둥근 자리가 있고 손에 실크우드*의 머리카락 뭉치를 든 채 한밤중에 잠에서 깨고 싶지 않다고 말하지도 않는다. 나의 고향과도 같았던 헤어스타일에서 말하자면 쫓겨나는 것이라고도, 앞머리를 내린 루이스 브룩스의 보브 스타일이 나의 스타일이었다고도 말하지 않는다. 평생에 걸쳐 그 헤어스타일을 찾아낸 후 이제는 절대 바꾸지 않을 거라고 맹세했다는 이야기도, 머리카락이 가늘고 푸석한 데다 기름지고 끝이 뭉툭해 열 살 때 같은 반 남자아이들이 내 옷을 벗기며 '미역 머리'라고 놀렸는데, 반 아이들이 거의 다 있는 데서 옷이 반쯤 벗겨진 것보다 형편없는 머리를 가진 것이 더 괴로웠다는 이야기도 하지 않는다.

내가 확답을 하기도 전에, 안토니오가 갑자기 요란스러운 보이 4 바리캉을 들고 내 뒤에 서더니 머리에 바짝 대고 밀기 시작한다. 내 앞머리, 술처럼 내려온 커튼이자 베일인 앞머리부터 자르리라고는 전혀 생각하지 못했다. 1분도 안 되어 사라진다. 폴라가 이발소 바닥에 마치 작은 동물처럼 놓인, 검은색으로 염색한 내 머리카락 뭉치의 사진을 찍는 것을 지켜본다.

---

*   캐런 실크우드. 미국의 화학 기술자로 핵 발전소의 안전과 관련해 문제를 제기했던 활동가. 의문의 죽음을 맞아 사회적 논란이 되었고 〈실크우드〉라는 영화로도 제작이 되었다.

어떤 이는 까까머리를 한 내가 섹시해 보인다고 생각한다. 어떤 이는 남자처럼 보이는 내게 성적으로 끌린다고 말한다. 또 어떤 이는 나는 아픈 것이고 이건 헤어스타일이 아니라고 본다. 다이크처럼 보인다고 말하는 사람도 적지 않다. 홀딱 벗겨진 심정이다. 이 자리에 존재하는. 겸허한. 깨끗한. 말끔한. 할 수 있는 게 아무것도 없다…… 내 머리에 관해서는. 이건 내가 아니다. 나는 갑자기 얼굴이 된다. 온통 얼굴.

포트를 박음

완전히 섬뜩하면서 또 놀랄 만큼 초자연적인 어떤 이질적인 물건을 몸속에 박아 넣는 것에는 뭔가가 있다. 아프지는 않았다. 베스 이스라엘에서는 신경을 많이 썼으니까. 정신이 말짱한 상태에서, 나는 새로운 포트를 위한 작은 주머니를 만들기 위해 쇄골의 바로 아래쪽 피부를 칼로 째는 것을 느낄 수 있었다. 포트. 포트. 한 주 내내 그 말만을 되뇌었다.

"금요일에 나한테 포트가 생길 거야. 이번 주에 포트를 박을 거야."

포트를 쓰면 화학치료가 용이해질 것이었다. 그것은 피부 아래쪽에 자리를 잡고 내 몸 안에서 살게 될, 목걸이처럼 생긴 철제 조각이었다. 꼬리가 달려 있는데, 그것이 화학약품을 내 피로 흘려 넣을 관이었다. 혈관이 택솔이나 카보플라틴 같은 해로운 약물로 가득 차면 혈관이 막히거나 문제가 생길 수 있다. 게다가 혈관은 찾기도 쉽지 않았다. 몇 주 동안 찌르고 문지르고 때리기를 계속한 마당에 어떻게 혈관 탓만 할 수 있겠는가? 포트는 또다시 혈관을 찾아야 하는 걱정을 없애줬다. 포트에 직접 바늘을 꽂았으니까.

포트port를 생각하면 물이 떠올랐다. 바다가 떠올랐다. 여름이 떠올랐다. 항구가 떠올랐다. 배와 화물이 떠올랐다. 하지만 주로 떠나가는 일이 떠올랐다. 우습기도 하지. 도착하는 것은 생각나지 않았다. 철제 포트가 내 살에 박힌 순간부터 내가 어딘가로 가고 있음을 알았다. 나는 포트가 박혀 있는 승객이었던 것이다. 포트는 화학약품이라는 짐이 정박해 내 안으로 들어오는 고정된 지점이었다. 계속 그것을 만지작거리지 않을 수 없었다. 처음에는 묵직한 것이 무시무시했다. 철이 말 그대로 피부로부터 솟아오르는 듯한 느낌이었다. 그게 좋아지기 시작했다. 부적이자 무기가 된 것이다. 저녁을 먹을 때 사람들에게 내보였다. 무지하게 운이 좋으면서도 감사할 줄 모르는 사람들에게 들이댔다. 그들은 소름 끼치게 놀라 더 이상 우는 소리를 내지 않았다. 적어도 나에게는. 피부 아래 박힌 딱딱한 이 물질은 그저 살뿐인 다른 사람들과 당신을 구분 짓는다. 그것은 비밀스러운 힘을 주고 새로운 세계에 들어갈 수 있게 한다. 나라도 국경도 없는 세계, 삶은 그저 우연히 일어나고 죽음이 가까이 있는 세계, 진정한 항구는 오직 우리 가슴속에 지니고 있는 것일 뿐인 그런 세계.

화학치료는 내 약이 될 거야

화학치료를 받기 전날, 루는 킨샤사에서 조지 포먼을 때려눕히고 난 후의 무하마드 알리 사진, 그것도 벽을 다 차지할 만큼 큰 사진을 깜짝 선물로 준다. 그것은 시간이 정지된 상태의, 거의 있을 수 없을 만큼 놀라운 사진이다. 알리는 서 있고 포먼은 바닥에 뻗어 있다. 알리가 이긴 것이 분명하지만 거기서 강렬하게 느껴지는 것은 영광스러움이 아니다. 그것은 고된 싸움의 충격과 휘청거림이다. 그것은 분명 알리가 자신이 챔피언이 되었음을 깨닫기 직전일 것이고, 바로 다음 순간 알리가 링 위를 뛰어다니며 권투 장갑을 들고 으스대며 자축할 것임을 상상할 수 있다. 하지만 이 사진에서 그는 망연자실하며 공허하다. 토스트와 나는 그 사진을 벽에 붙였고 그것은 일종의 시각적 만트라 판이 된다. 다음 몇 달 동안 하루에도 몇 번씩 그것을 보게 될 것이다. 알리는 나다. 포먼은 나의 암이다.

토스트가 새로운 보라색 알약 통에 내 화학치료약을 정돈하는 것을 본다. 그는 마치 페즈*처럼 캡슐을 분류하고 있다. 아주 정확하고 완벽하게. 월요일에는 이멘드와 조프란, 애드빌, 화요일에는 이멘드와 조프란…… 그에게 입 맞추고 싶다.

그리고 수가 온다. 수가 나를 상담하지 않은 지는 이미 수년이 되었다. 우리는 '정신과 상담 이후의 친구'가 되었는데, 그러니까 이따금 채식주의자 식당에서 만나 저녁을 함께하면서 죽음과 정신적 외상에 대해 이야기하곤 했다는 말이다. 참을 수 없는 불안에 시달리거나 나의 자기혐오가 사실은 거대한 분노라는 사실을 누군가 상기시켜주기를 원할 때면 나는 그녀에게 전화한다. 그녀는 내가 암에 걸렸다는 이야기를 친구로부터 듣고는 선물로 공짜 상담을 해주고 있다. 그녀를 보면서도 믿을 수가 없다. 나를 보고는 상당히 충격을 받았음을 알 수 있다. 머리는 빡빡 민 채 말할 수 없이 깡마르고 제대로 몸을 가누지 못하니까. 우리는 망연자실한 알리를 배경으로 소파에 앉는다. 수는 내가 정신과 의사 여러 명을 전전하다가 찾아낸 의사였다.

처음 그녀를 만난 때는 내 결혼 생활이 끝장나 갈 때였다. 베를린 장벽이 무너지고 있던 독일로 여행 갔다가 막 돌아왔더랬다. 독일에서의 첫날 밤, 나는 무시무시한 꿈을 꿨다. 아빠가 어떤 물건을 가지고 나를 강간하고 있었고 엄마는 그것을 차분히 지켜보고 있었

---

* 캔디가 하나씩 나오는 캐릭터 모양의 통으로 유명한 오스트리아의 캔디 브랜드.

다. 나는 비명을 지르며 잠에서 깼다. 뉴욕에서 정신과 의사 두 명과 10년이나 상담을 계속하고 있을 때였는데, 둘 다 프로이트와 마찬가지로, 아빠와의 사이에서 일어났다고 생각하는 일은 단지 나의 환상일 뿐이라고 내게 말했다. 수는 처음으로 나의 기억을 두려워하지 않은 의사였다. 내가 꿈 이야기를 했을 때, 그녀는 말했다.

"그건 꿈일 수도 있어요, 이브. 하지만 때로 꿈은 기억이기도 하죠. 내가 보기에 당신은 끔직한 학대를 당한 것 같은데, 내가 도와줄 수 있어요."

수는 파편 같은 몸의 자극 하나하나를 다시 기억에 이어 붙이는 정신적 외과의였다. 그녀는 한 번도 나의 다락방에 찾아온 적 없었고, 그녀가 소파에 앉거나 정말로 나의 물건을 만져보리라는 생각은 전혀 해본 적이 없었다. 정신과 의사는 진료실에만 있으니까.

"전부 이야기해보세요."

그녀가 말한다. 나는 울기 시작한다.

"아주 심하게 아팠어요. 엄청난 수술을 받았고 그러고 나서 감염이 생겼죠. 이제는 나에게 해로운 약물을 주입하려 해요. 화학치료를 과연 받을 수 있을지 모르겠어요. 몸에 뭔가 들어오는 걸 잘 견뎌내지 못한다고요. 그래서 열대우림에 있을 때 아야와스카^{ayahuasca}* 도 전혀 하지 않은 거예요. 샤먼과 족장 앞에서 창피스러운 모습을 보이리란 걸 알았거든요. 게위내는 일도 잘 못해요. 절대 폭식증 환

---

* 　같은 이름의 식물과 다른 것을 섞어 만든 일종의 약물을 이용한 샤머니즘의 한 의례.

자는 되지 못할 거예요."

내가 폐소공포증이 있음을 그녀에게 상기시킨다.

수는 내가 더 일찍 병에 걸리지 않은 게 오히려 이상할 정도라
고 말한다. 그녀가 아는 어떤 사람보다 회복력이 뛰어난 사람이므
로 모든 걸 이겨낼 것이라고도 말한다. 우습게도 그녀가 이 말을 하
니 다르게 다가온다. 아마 내가 얼마나 취약한지를 그녀가 알고 있
다는 것을 나 자신이 알고 있기 때문일 것이다. 내가 암에 걸렸다는
이야기를 들은 이후로 줄곧 아빠가 나를 구타했던 것에 대해 더 자
주 생각하게 되었다고 그녀가 말하고, 나는 "나도 그래요"라고 대답
한다. 구타에 대해 충분히 이야기하지 않았다는 느낌이 들 수도 있
을 거라고 그녀가 말한다. 그러자 화학치료가 나의 내장을 마구 구
타한다는 생각이 든다. 나는 내 안에 해로운 약물이 들어가는 것이
겁난다고 말한다. 그러자 그녀는 '그래, 저게 수지'라고 생각할 만한
방식으로 대응한다. 그녀는 내가 준 정보를 똑같이 내게 되돌려주
되, 아주 기발하게 바꿔서 즉각적이고 자연스럽게 신경증을 풀어놓
는 방식으로 그렇게 하는 것이다. 이 경우 그녀는 화학치료 경험을
모두 완전히 재구성해 내게 제시한다. 그녀는 이렇게 말한다.

"화학치료는 당신에게 하는 게 아니에요. 암에게, 과거의 모든
죄악과 당신 아빠에게 하는 것이고, 강간범과 몸의 침입자 모두에
게 하는 거예요. 그들을 독살해서 다시는 돌아오지 못하게 하는 거
죠. 당신에게 투사되었지만 절대 당신 것은 아닌 악을 모두 정화할

거예요. 당신의 회복력과, 치유를 향한 당신의 몸과 영혼의 마술적인 능력을 절대적으로 믿어요. 당신이 할 일은 화학치료가 당신 안으로 치고 들어온 침입자를 죽여 없앰으로써 당신의 순결을 구하러 오는, 당신과 공감하는 전사라고 기꺼이 받아들이는 거예요. 당신에게는 몸이 여러 개 있어요. 사랑과 보살핌을 통한 이 변형의 시간으로부터 새로운 몸이 태어날 거예요. 구역질이 심하거나 몸이 너무 힘들 때면, 화학약품이 당신을 대신해서, 모든 여성의 몸을 대신해서 온전함과 순결, 평화를 회복하기 위해 지금 무척 열심히 싸우고 있는 거라고 생각해요. 화학약품을 당신과 공감하는 전사로 기꺼이 받아들여요."

의식의 도약, 의식의 전환. 나는 열대우림을 생각한다. 샤먼이 정신적 죽음의 경계라고 부르던 상태로 걸어 들어가던 일을 생각한다. 2분 전까지만 해도 너무 무시무시해서 도저히 할 수 없을 것 같던 일이 갑자기 그 무엇보다 해야 하는 일이 되어버렸다는 생각이 든다. 좋아, 화학치료가 내 약이 될 거야, 하고 생각한다. 사자처럼 그것을 용감히 해낼 것이다. 내 안에서 제대로 일을 하도록 만들 것이다. 일어나는 일은 뭐든 필요해서 그렇게 된 것임을 알고 있으니까.

타라와 칼리에게 기도하다

화학치료가 시작되기 전날, 나는 침대에서 (팻이 선물한) 부드럽고 다채로운 분홍색 숄을 붙들고 거의 어루만지다시피 하면서 수가 한 말을 되뇌고 있다.

"화학치료는 암과 침입자 강간범에게 하는 것이지 너에게 하는 게 아니다. 화학치료는 암과 침입자에게……"

그러고는 일어나서 다락방 중간으로 천천히 걸어가, 골동품인 금색 사리천으로 만든 커튼이 걸린 창문 쪽으로 간다. 마치 해변에 소풍이라도 나온 듯 분홍색 천을 조심스럽게 바닥에 깐다. 침대로 다시 돌아가 타라상像을 마주본다.

모든 부처의 어머니이자 여성의 몸으로 나타난 타라. 위험과 공포, 악귀를 물리치는 타라……. 암도 물리치기를. 부처의 마음을 통해 나타난 타라.

타라를 들어 가슴에 안는다. 타라는 무척 무겁고 나는 힘이 없으므로 가슴이 세게 뛰기 시작한다. 누군가 도와줄 사람을 기다려야 하겠지만 그럴 수 없다. 타라를 안전하고 아늑한 내 방 구석에서 들어내고는 펼쳐진 분홍색 천 위에 놓는다. 지금 내게는 당신이 필요해, 타라. 이 공간, 이 방의 정중앙에 당신이 있어야 해. 그녀를 내려놓는다. 분홍색 천으로 발 주변을 감싸 일종의 단을 만든다. 그러고는 나의 회복을 빌며 친구들이 보내준 터키석과 메달, 여러 장신구를 가지고 온다. 그녀에게 바치는 공물이다.

나는 제단을 만들면서 평생을 보냈다. 무신론자인 나로서는 아주 묘한 일이지만. 거의 20년 전에 티베트 라싸의 죠캉 사원 지붕 위에서, 사원 앞에서 엎드려 경배하기 위해 각지에서 몰려든 신심 가득한 순례자 무리를 내려다본 기억이 난다. 무릎 아래에 놓을 담요가 있는 사람도 있었고 없는 사람도 있었다. 손을 머리끝에 댔다가 목에 댔다가 가슴에 대고, 무릎 꿇고, 납작 엎드리고, 다시 무릎 꿇고, 일어서고, 손을 머리끝에 댔다가 목에 댔다가 가슴에 대고, 무릎 꿇고, 납작 엎드리고, 다시 무릎 꿇고, 일어서는 이 기도하는 군무가 마치 지금껏 내가 하고 싶었던 유일한 일인 듯, 내가 하고 싶었던 유일한 몸짓인 듯, 거기서 몇 시간이고 못 박힌 듯 바라보고 있었다. 이것은 내가 의식적으로 인정할 만한 것은 못 되었다. 타라를 들어 올리기 전 나는 아주 최첨단의 페미니스트인 데다 어쩔 줄 모르는 상태라 사람이든 물건이든 그 앞에 엎드릴 수가 없었다. 너무 분노에 차 있고 자율적이고 자기 주도적이고 냉소적이었던 것이다.

이제 그런 나는 완전히 소진되었다. 어떻게 살아갈 수 있을지 알 수 없었고, 폐소공포증으로 인한 소멸, 격렬한 구토, 6번의 치료, 무감각, 감염, 죽음이라는 이 화학치료의 숲을 걸어서 벗어날 힘과 지침이 필요했다. (꿇어 엎드림: 복종하고 나를 버리며 신을 경배하는 자세.) 많은 신앙에서 그것은 자아를 버리기 위해 취하는 자세다. 티베트의 탄트라 불교에서는 자만심을 없애기 위해 절을 10만 번이나 한다. 이슬람에서는 엎드려 절하기가 많은 병을 이길 수 있게 한다고 알려져 있다.

내가 받은 편지와 카드, 이메일 수백 통이 하나같이 이야기한다. "당신이 이겨낼 거라고 믿어 의심하지 않습니다. 당신은 자연의 힘입니다. 아무것도 당신을 막을 수 없습니다. 이겨낼 거예요, 이브. 당신은 전사잖아요."

내가 힘을 낼 수 있게 나를 응원하는 것임을 알지만, 때로 걱정이 된다. 그게 사실이 아니라면 어쩔 것인가? 내가 이것을 이겨낼 수 없거나, 그런 것과 아무 관련도 없다면 어쩔 것인가? 그럼 나는 실패자가 되는 걸까? 창문에 커다랗게 X자로 테이프를 붙여놓았는데 절대 나타나지 않는 뉴욕 시의 허리케인처럼 실패한 자연의 힘이 되는 걸까? 싸우는 문제가 아니면 어쩔 것인가? 그러니까 자기 자신의 게놈과 어떻게 싸움을 할 수 있다는 말인가?

그러고는 수가 불사름과 죽음에 대해 한 말이 떠올랐고 칼리 역시 필요하다는 것을 깨닫는다. 몇 주 전 푸르바가 인도에서 가져온 칼리의 그림이 있다. 칼리. 그녀를 자매인 타라 옆에 놓는다. 태워 없애주세요, 칼리, 모두 태워버려주세요. 완전히 새로 만들어주세요. 신성한 파괴와 죽음의 중간으로 나를 데려가서 말할 수 없이 고통스러운 당신의 불길을 견디고 살아나게 해주세요. 필요 없는 것들을 당신의 불길 속에 내던져버리게 해주세요. 다 녹여버리고 내가 다시 온전히 새롭게 태어나게 해주세요. 어쩔 수 없이 나뉘고 또 나뉘는 세포들을 태워 없애주세요. 나의 경멸과 자기 연민도 태워 없애주세요. 다른 모든 사람과 나 자신까지 앞서 나가려고 하는 습성을 전부 태워 없애주세요. 그리고 타라, 내 마음을 열어주세요. 고통받는 모든 사람과 하나가 될 수 있게요.

무엇보다, 두려움을 가져가주세요. 그리고 제발이지 이게 그냥 농담이라고 말해주세요. 내가 왜 암에 걸렸는지, 벽을 뚫고 구멍을 내며 퍼져가는 망고 크기의 종양이 왜 내게 있는지 모르겠어요. 내가 왜 3B단계, 아니 사실 4단계에 놓인 건지 모르겠어요.

이제 가져가주세요. 당신의 통찰력과 자비로움의 신전에 무릎 꿇고 엎드려 절하게 해주세요. 타라와 칼리, 수. 기도하는 손을 정수리에, 목에, 가슴에 차례로 대고, 일어나고, 무릎을 꿇고, 납작 엎드린다. 할 수 있는 한 더 납작하게, 더 바닥으로, 깊이깊이.

집단 화학치료

한 무리의 사람과 함께 주입 스위트룸에 도착한다. 토스트와 루, 폴라, 다이애나, 팻, 푸르바가 그들이다. 집단 화학치료 같다. 사람은 너무 많고 의자는 넉넉하지 않아 우리는 좀 법석을 떤다. 모든 사람이 교대로 앉을 수 있도록 토스트가 정리를 한다. 내가 치료를 받는 동안 내내 이런 일이 반복될 것이다. 너무 많아 생기는 곤란함이라고 할까. 사랑스러운 다이애나가 항상 가장 먼저 도착하는데, 워낙 현란하고 번쩍거리는 치마를 입어서 그 병동이 정신없는 서커스장처럼 되어버린다. 베나드릴이 몸에 퍼지기 시작해 다리가 불편하고 느낌이 이상해지면 그녀가 내 발을 주무른다. 팻은 항상 바빠 여러 사람 사이를 왔다 갔다 하거나 두 가지 일을 한꺼번에 하고 대부분 선물을 가지고 온다. 나를 세상과 연결해주는 역할을 한다. 폴라는 절대 편히 있지 못한다. 매일같이 아는 사람 누군가가 암으로 죽는 것처럼 말이다. 푸르바는 그 동네 어느 곳에서인가 무척 훌륭한 이스라엘의 후무스를 구해 가져다준다. 해로운 약물이 몸속으로 들어가는 와중에도 사람들이 햄버거와 감자튀김을 먹는 것을 보면 정말 낯설다. 인간의 허기를 막을 수 있는 건 아무것도 없나 보다. 토스트는 일상적 질문들로 나의 기분을 전환시키면서 아이폰으로 생활사를 처리해준다. 루는 문젯거리가 생기면 간호사를 불러주고, 정맥주사를 들고 나를 화장실로 데리고 가며 담요를 덮어준다.

지금이라도 그만둘 수는 있다. 이론상 암은 모두 없어졌으므로 이 해로운 약물이 필요가 없는 것이다. 과잉 치료다. 토스트와 루가 서로 눈을 맞추는 게 보인다. 그러더니 "안 좋은 세포가 하나라도 있으면"을 다시 들먹인다. 식이요법과 즙 같은 것으로 암을 치료했다는 훨씬 발달된 사람들을 생각한다. 간호사가 첫번째 치료를 위해 나를 준비시키는 동안 최근에 본 안락사에 관한 다큐멘터리를 생각한다. 다큐멘터리에 나온 남자는 루게릭병으로 죽어가고 있었고 며칠만 지나면 음식을 삼킬 수도 없는 지경에 이를 것이었다. 그가 독극물을 마시고는 천천히 죽어가는 부분을 계속 반복해 봤다. 그의 죽음은 너무나 별것 아니어서 거의 편안하기까지 했다. 내가 화학치료 때문에 죽는다면 그렇게 죽지는 못할 것이다. 몇 분 만에 끝날 것이다. 숨이 막히고 녹색 약품을 게워내면서 몸을 뒤틀겠지. 말투가 거침이 없는 브롱크스 출신의 간호사 다이앤이 내가 마음을 정하지 못하고 두려워하고 있음을 눈치챈다. 그러고는 (브롱크스 말투로) 화학치료를 거부한 사람 이야기를 경고 삼아 늘어놓기 시작한다.

"한 번은 종양이 너무 커져서 말 그대로 가슴이 떨어져 나올 것처럼 늘어진 환자가 왔었어요. 그동안 그 잘나빠진 비타민 C 치료인지를 하고 있었죠. 화학치료를 받은 지 2주 만에 종양이 줄어들면서 없어지기 시작했어요. 그러자 이렇게 말을 하는 거예요. '보세요, 다이앤, 비타민 C가 드디어 효과를 나타내기 시작해요.'"

다이앤은 히스테릭한데, 재미있는 사람들을 위해서라면 무슨 일이라도 할 수 있을 것 같다. 그녀의 짝은 리자이나인데, 그녀는 딱 보기만 해도 간호사 같아서 그녀가 다가오는 걸 보면 바로 자동적으로 팔을 내밀 정도다. 그들은 친절하고 연륜도 많아 화학약품과 항종양성 약품을 잘 알고 있다. 중요한 건 항상 사람인 것이다. 뎁의 포근한 친절함, 탁자 반대쪽으로 돌아오던 잘생긴 의사, 집에 찾아와서 나를 구해줬던 의사 카츠. 산책시켜주고 씻겨주던 매요 클리닉의 간호사들. 그리고 이제는 다이앤과 리자이나.

리자이나가 포트에 진입하기 위해 큰 주삿바늘을 가슴살을 뚫고 집어넣는다. 처음 찌른 것은 아주 깊고 아프다. 마치 영혼에 구멍을 내는 것 같다. 나는 수가 하라는 대로 한다. 이것은 나의 약이고 이 여성들, 리자이나와 다이앤은 약을 제대로 쓰기 위한 여성 안내원이다. 주입 스위트룸에는 나무가 없다. 달도 없고 밤하늘도 없지만 이곳이 내 열대우림이 될 것이다. 머리 위에는 베나드릴과 그 외의 스테로이드 등의 용액 주머니가 매달려 있다. 그것들이 내 몸 안으로 들어와 심장박동을 빠르게 하는 아드레날린을 온몸에 퍼뜨린다. 붕붕 뜨는 기분이다. 이번엔 택솔을 넣을 차례다. 루가 내 손을 잡는다. 나는 숨을 한 번 깊이 들이마시고는 눈을 감는다. 나를 버릴 수 있도록 기도한다. 칼리의 마술을 내 안으로 불러들인다. 액체 형태의 불이 근육과 기관, 핏속을 돌아 순환하는 것을 눈앞에 그려본다. 그것이 내 모든 절과 복잡하게 얽힌 섬유질과 세포 속 깊숙이 들어가는 것을 본다. 그것이 더욱 깊이 들어가 원형적인 신경망, 슬픔과 자기혐오, 고통의 분자까지 이르는 것을 본다. 내게 용기를 달라고 칼리에게 빈다. 멈춰 서지 않고 끝까지 갈 수 있도록 해달라고. 갑자기 내 얼굴이 확 달아오르고, 리자이나가 와서 한 번 보고는 택솔을 멈춘다. 이런 일이 생겨요, 그녀가 말한다. 처음에는 몸이 감당하지를 못하거든요. 이렇게 타는 듯한 느낌이 어쩐지 마음에 든다. 발갛게 달아오른 얼굴이. 나는 깨어난 전사다. 칼리가 내 몸에 뿌리를 내렸음을 알 수 있다. 나를 인도해줄 여성들이 내 주변에 있음을 이제 안다.

그 과정이 전부 끝나려면 거의 5시간이 걸릴 것이다. 그리고 이 일을 5번 더 해야 한다. 할 때마다 나는 눈을 감고 칼리와 활활 타오르는 그녀의 용액을 느낄 것이다. 할 때마다 그녀가 나를 휘몰아쳐서 더 깊은 곳까지 태워버릴 것이고, 할 때마다 나는 안락한 침대 같은 의자에 앉은 다른 환자들을 바라볼 것이다. 멋들어진 모자를 쓴 도미니카 여성, 세심한 엄마와 아주 똑같이 생긴 무척 아름다운 이집트 소녀, 항상 남편이 나중에 데리러 오는, 앵글로색슨계로 보이는 우아한 백인 여성. 어떤 이는 졸고 있다. 또 어떤 이는 멍하니 저 멀리를 바라본다. 여기 혼자 오는 사람이 적지 않다. 그들의 얼굴을 보면서 그들이 나와 같은 족속임을 알게 될 것이다. 우리가 맞는 약이 병과 절망을 태워 없애달라고 우리 각자를 위해 나는 조용히 기도할 것이다. 살고 싶다. 물론 살고 싶다. 그러나 지금 당장 내가 가장 원하는 것은 활활 타고 있는 이 강에서 다른 이들과 나란히 자유롭게 헤엄을 치는 것이다.

나무의 마법이 통하다

안 좋은 반응이라고는 조금만치도 없이 첫번째에서 세번째까지의 치료를 순식간에 마쳤는데, 그러자 약간 겁이 났다. 내가 막 들떠서 새벽 2시에 옷장 정리를 한다고 부산을 떨었던 것은 아마 스테로이드 때문이었을 것이다. 아니면 부작용을 저지하는 데 아주 효과적인 구토억제제 조프란일 수도 있고. 그러나 갑자기 나흘째 되는 날 화학약품이 내 안에, 내 몸 위에, 내 몸 구석구석 퍼졌다. 처음에는 가벼운 소규모 접전으로 시작하더니, 몇 분도 안 되어 몸 전체의 전면전이 되었다.

화학치료가 암세포 분화를 저지한다면 암세포를 죽일 수 있다. 세포 분열이 빠르면 빠를수록 그것을 해치워 종양을 없애버릴 가능성도 더 많아진다. 나에게는 더 이상 종양이나 암세포가 없었다. 화학치료는 세포의 가능성을 보고 하는 것이었다. 어떤 단 하나의 병사 세포라도 뻔뻔스럽게 만들어지면 그 순간 바로 없애버리는 것이다. 세포가 자살을 하기도 하는데, 이것은 자멸, 혹은 세포 소멸이라고 부른다. 운 좋게도 나의 암은 빠르게 분열해 화학치료가 가장 효과적으로 죽여버릴 수 있는 종류였다. 그러나 불행하게도 암세포와 건강한 세포를 구별할 수는 없었다. 혈관 속과 입, 머리카락, 위장, 창자처럼 세포가 가장 빠르게 자라나는 곳을 공격했다. 몇 달 동안의 감염으로 위장과 결장은 이미 취약한 상태였고, 바로 그 때문에 나흘째 되는 날 나의 하체가 통째로, 말 그대로 작동을 모두 멈춘 것이었다. 스토마와 그 주변은 이미 엄청나게 예민해져서 내가 무엇이라도 잘못 먹거나 심지어 약간 불안한 상태만 되어도 부풀어 오르곤 했다. 그러면 부풀어 오른 자리에 주머니를 제대로 얹어놓을 수 없게 되고, 그래서 주머니는 종종 떨어져 터져버리는 것이었다. 하지만 또 다른 문제가 생겼다. 음, 사실은 아무 일도 생기지 않았는데, 그게 바로 문제였다. 배변 작용과 내 몸이 완전히 멈춰버린 것이었다. 몸이 너무 놀라 쇼크 상태에 빠져 죽어버린 것 같았다. 내가 아직 숨을 쉬고 있을지라도 말이다. 구역질이 나고 어지럽고 기운이 없는 것이 몸이 정말로 나빠지기 시작했다. 대녀代女 아디사와 조카 캐서린이 주말 동안 나를 보살피겠다고 자원해놓은 참이었다. 그 아이들을 걱정시키고 싶지 않아서 내 몸에서 벌어지는 일을 무시하려고 무진장 노력했고, 구역질을 가라앉힐 만한 것들을 먹어보려 했다. 그러나 그 모든 일이 하수관을 더욱 막아버린 셈이 되었다. 스토마 주변의 위장이 부풀어 오르기 시작했고, 상태는 더욱 나빠져서 계속 게우고 현기증에 시달리다가, 새벽에 고통으로 신음하면서 네발로 기어 다니게 되었다. 주머니는 비어 있었다. 그리고 미처 알아차리기도 전에 나는 다시 정맥주사를 꽂은 채 병원에 있었다. 심각한 폐색—장애물, 차단막, 바리케이드—이 생긴 것이다.

다시 나무가 보이는 방에 누워 있었다. 이번에는 외롭고 슬펐다. 아주 슬펐다. 나의 어떤 부분은 함께 힘을 합쳐 앞으로 나아가기를 원하지 않는 것이었다.

나무는 나의 자기 연민을 비웃는 듯했다. 나는 격분해 있었다. 나 자신 때문에, 그저 그런 존재로 잊힐지도 모른다는 절박한 두려움 때문에 완전히 탈진해버렸다. 나는 내 몸의 길 끝자락에 있었다. 몸속의 모든 것은 정지했다. 심지어는 눈물도. 정신을 잃었다.

내가 깨어났을 때, 주머니는 가득 찼고, 생명이 내 몸속을 돌고 있는 듯했다. 나무의 마법이 통한 것이었다. 나무가 사실 내 안에 있어서 내 목숨을 구해줬다는 것을 나는 알지 못했다. 화학치료약 중 하나인 택솔이 알고 보니 오래된 주목朱木의 나무껍질에서 찾아낸 것이었다. 더구나 택솔은 주목 잎으로 만들어지므로 나무를 죽이지 않아도 되니 더 좋다. 택솔은 세포조직을 아주 견고하게 안정화시켜서 나쁜 세포가 분열하거나 증식하지 못하도록 차단하는 기능을 한다.

공격으로부터 해를 입지 않도록 나를 안정시키고 보호하고 세포구조를 견고히 다져준 것은 나무였다. 드디어 나의 엄마를 찾았다.

내가 바로 죽게 되어 있었던 그 소녀였다

학교에서 돌아오는 길에, W라는 이름의 몸집이 큰 남자아이가 운전하는 작은 스포츠카에 앉아 마리화나를 피운 것이 까마득한 옛날 같다. 아침 조회 시간쯤에는 완전히 약에 취했고 2교시쯤에는 다시 한 대 피우고 싶어 미칠 지경이었다. 유명 운동선수의 아들인 W와 나는 약 3주 만에 떠오르는 풋볼 선수(그의 경우)와 지나치게 열정적이면서 약간은 될 대로 되라는 식의 치어리더(나의 경우)에서, 마리화나에 취한 딜러와 히피 여자아이가 되었다. 그 이행은 아주 매끄러웠다. 존 스타인벡의 소설 『쥐와 인간에 대하여^{Of Mice and Men}』의 레니(엄청나게 큰 그 손)를 생각나게 했던 W가 나에게 반했다는 걸 알고 있었기 때문에 기쁜 마음으로 아침마다 그의 차에서 감춰둔 마리화나를 나눠 피웠다.

열여섯번째 생일에 그는 선물로 1온스의 마리화나와, 각성제의 하나인 블랙뷰티 수백 개가 가득 든 깡통을 주었고, 그래서 그해 내

내 나는 약에 취해 나도 모르게 쉴 새 없이 떠들고 끊임없이 입술에 침을 바르며 살았다. 마리화나보다 스피드가 더 좋았다. 마리화나는 나를 피해망상에 시달리게 했는데 모든 사람이 나를 미워한다고 확신했다는 점에서 나는 이미 피해망상에 젖어 있었기 때문이다. 마리화나를 피울 때면, 미안하다고 하는 게 전부였다. 나 약에 취했어. 미안해. 하지만 그 때문에 그만두지는 않았다. 나는 학교에 도착해 마리화나 연기를 잔뜩 내뿜으며 멋진 W의 차에서 내리는 일이 좋았다. 재니스와 그레이트풀 데드가 배경음악으로 쾅쾅 울리는 중에, 핏발이 선 눈을 선글라스로 가리고 찢어진 청바지와 프라이 부츠Frye boots를 신고 푹신해 보이는 초록의 잔디 위를 비틀거리며 걸어가는 것이. 거기 있고 싶은 마음이 조금도 없었다. 스카스데일을 경멸했다. 나는 처음부터 왕따였다. 그런대로 예쁜 것도 아니고, 부자도 아니고, 날씬하지도 않았다. 바람직한 친구나 그럴듯한 집도 가져본 적 없었고, 남들이 입는 옷을 입어본 적도 없었다.

1960년대가 ─ 음, 사실은 마약이 ─ 나를 해방시켰다. 나는 마약에 취하고 아무것도 상관하지 않았다. 그것이 일시적 해결이었음을 이제는 안다. 약을 하고 술을 진탕 마시는 건 내 삶을 구했지만, 삶을 다시 파괴하기 시작했다. 처음 술을 마셨을 때부터 내 안의 단단하고 긴장되고 팽팽하게 당겨진 뭔가가 풀려났다. 갑자기 신나고 재미나졌다. 파티의 삶처럼. 나는 미친 듯이 제멋대로 살던 아이, 스물한 살에 죽을 거라고 모두 속으로 생각했던 아이였다. 항상 갈 데까지 가려 했던 아이. 한밤중에 운전대에 손도 얹지 않은 채 차를 미친 듯이 몰던 아이, 남자아이들에게 맞서고 그들이 겁을 먹으면 채석장의 높은 바위에서 뛰어내리겠다고 먼저 나섰던 아이, 다른 사람들은 스카스데일 같은 곳에서 구할 수 있다는 것조차 알지도 못했던 독한 마리화나를 훨씬 나이 많은 남자아이들과 피우며 취했던 아이. 적어도 일곱 살은 더 먹은, 헤로인 중독자 빌리와 사귀었던 아이. 그가 멋진 검은색 오토바이 재킷을 입고 할리를 몰고 매일 나를 데리러 왔고 그러면 빌리는 꾸벅꾸벅 졸고, 나는 메테드린 때문에 정신없이 떠들면서 그의 집에서 오후를 보내곤 했다. 또한 나는 계속해서 섹스를 하지 않으면 안 되는 아이였다. 섹스를 하면 고통이 완화되었는데, 나는 거의 항상 고통스러웠으므로 엄청나게 섹스를 해야 했다. 고통을 감당하면서 인생을 보냈다. 프랑스어 SAT 시험을 보기 전날 밤 헤로인을 했고, 다음 날까지도 약에 취해 있었기 때문에 시험시간 내내 검은색 펜으로 커다랗게 X자만 그리고 있었다.

친구들, 혹은 친구가 되고 싶은 아이들에게 인기를 얻어보려고 화이트 플레인의 제닝즈 백화점에서 큰 가방으로 선글라스를 한가득 훔쳤다가 붙잡히기도 했다. 집 안에서 벌어졌거나 아직도 벌어지는 어떤 일의 결과로 생겨난 것이 분명한 난폭하면서도 가련한 여자아이였지만, 당시에는 그 징후를 아무도 알지 못했고 그런 일이 심지어 가능하리라는 것도 인정하지 않으려 했다. 내가 반했던 여자아이인 베스 포스트, 무척이나 아름다운 금발의 소녀이자 이후 내내 나에게 하나의 주제를 이루었던 베스와 전화를 하다가 아빠한테 발각된 후 집에서 도망쳤다. 아빠는 노발대발하며 전화에 대고 내게 모욕을 줬고, 차마 입에 담지 못할 욕을 몇 시간이나 해대고, 살이 발갛게 부풀어 오를 정도로 심하게 벨트로 다리를 때리더니, 나를 비행 청소년을 위한 학교에 보내겠다고 하면서 지하실에 처넣어 개와 잠을 자도록 했다. 그래서 나는 한밤중에 집을 나와 어둠 속에서 몇 마일을 걸어 스카스데일의 반대쪽으로 갔고(경찰을 피하려고 풀숲으로 뛰어들기도 하면서), 거기서 가장 친한 친구인 지니의 집으로 몰래 숨어들어 다락방 침실로 가서 숨을 헐떡거리며 왔다 갔다 하며 그녀를 깨웠더랬다.

또 주말마다 몰래 빠져나와 W와 그의 히피 친구들과 함께 그레이스 슬릭이나 티나 터너의 노래를 들으러 맨해튼과 필모어 이스트 극장으로 차를 타고(좌석 아래에는 적어도 1파운드의 대마초를 놓고) 갔던 아이였다. 하지 못할 일이라고는 없었다. 결과라고는 생각해본 적 없는 난봉꾼 같은 아이였으니까. 열일곱 살 때 부모님이 잠시 집을 떠나 있었을 때 뉴욕에서 비행기를 타고 캘리포니아, 버클리로 날아가 코카인을 파는 마약상 지미를 만났다. 이틀 동안 코카인을 테스트 한답시고 어찌나 많이 들이마셨는지 나중에는 하나도 구별할 수 없게 되었다. 기억나는 것이라고는 익힌 아티초크를 녹인 버터에 찍어 먹던 일뿐이다. 빌리가 내게 용기를 준답시고 빌려준 검은 오토바이 재킷 주머니에 1파운드의 순 코카인(천 달러 상당의)을 넣고는 다시 뉴욕으로 날아왔다. 요즘 같은 때에 주머니에 1파운드의 코카인을 넣고 검색대를 통과한다고 상상해보라. 나는 탈출해야 한다는—스카스데일에서, '신분 상승과 쇼핑몰의 질식할 듯한 백인 부르주아의' 삶에서, 가족과 내 몸에서—과격한 임무를 부여받은 자살 테러범이었고 마약은 이동 수단이었던 것이다.

나는 대학 시절 반쯤은 벗은 채 살던 아이였다. 과장된 노출증을 가진, 공개적인 거의 레즈비언인 양성애자. 죄의식에 시달리며 내가 아는 이성애 여성을 모두 유혹하고, 주중에는 룸메이트와 섹스를 하고, 주말에 그의 남자친구가 놀러 오면 그와 섹스를 하고. 어느 쪽이든 절대 안착할 수 없을 것 같았다. 살에 대한, 살을 맞대는 것에 대한 갈급, 젖가슴과 페니스, 입, 사랑, 섹스에 대한 갈급은 너무나 거대하고, 절박했고, 무분별했다. 버몬트의 어느 시골 술집에서 바텐더를 하며 문학 수업 때마다 술을 들고 왔던 아이, 교수와는 대부분 섹스를 했고 그게 그저 수업의 일부라고 생각했던 아이, 대학교 졸업식에서 인종차별주의와 성차별주의에 대해 항의하는 졸업식 연설을 하고는 자리에 앉아 누런 종이봉투에 담겨 내게 건네진 잭 다니엘을 병째로 마신 아이였다.

나중에, 아빠가 졸업식 때 준 천 달러를 약 2주 만에 다 써버린 후 난봉꾼은 시시하고 뻔한 비극의 주인공으로 바뀌었다. 별 멋도 없이 강박적으로 난잡한 섹스를 하고 술에 취해 질질 짜며 20대를 시작해, 늦게까지 문을 여는 마피아의 클럽에서 일하며 달콤한 냄새가 나는 청부살인업자와 섹스를 하고, 싸구려 가짜 다이아몬드 단추가 달린 에메랄드 턱시도 상의에 검은 타이즈를 신고 종업원

일을 하는 것으로 20대를 마쳤다. 잠깐 정신을 잃었다 깨어나 보니, 마리화나를 소유한 잘생긴 마피아 중의 하나인 프랭키가 내 목걸이를 뜯어내고 내 머리를 카운터에 들이박는데, 다른 마리화나 소유주들은 끼어들 생각도 없이 그냥 바라보고 있던 적도 있었다. 나는 매일 밤 나가면서 누군가, 아무나 제발 나를 이 비참함에서 꺼내달라고 기도했던 아이였다. 종국에는 남편이 되었던 그 당시 내 남자친구에게 막 두드려 맞은 뒤, 지금까지도 나 자신조차 이해할 수 없는 어떤 이유에서인지 무릎 꿇고는 정신이 제대로 돌아오기만 한다면 이제 다르게 살겠다고, 믿지도 않았던 신에게 맹세를 했던 것은, 푸에르토리코의 올드 산후안 공항 주차장의 딱딱한 바닥에서였다. 싸구려 마스카라가 술에 절고 부어터진 뺨 위로 흘러내리는 채 하이힐의 부러진 굽을 움켜쥔 나는 너무나 심하게 타락했으므로 뭔가 아주 엄청난 것을 바칠 필요가 있음을 알았던 것이다. 나는 완전히 길을 잃은 채 재능과 능력을 마구 낭비하고, 나를 사랑하고 믿어줬던 사람들을 도외시했고 연인과 부인을 배신했던(유혹하는 아빠와 완벽한 엄마라는 어릴 적 사랑의 삼각관계에서 생겨난 견고한 패턴) 그런 망나니 같은 아이였다. 가장 중요한 형성기에 뇌세포를 마약으로 망가뜨리며 보낸 한심한 아이였다. 나 자신의 오만함과 반항, 독선으로 엄청난 기회를 모두 잃어버렸다. 술과 마약을 끊는 것이 내가 평생 한 일 중 가장 힘든 일이었다.

　스물세 살이 되었을 때 술과 마약에서 완전히 벗어났지만 무일푼이 되었고, 갑작스러운 불안증으로 그리니치 빌리지의 성 빈센트

병원의 응급실을 거의 정기적으로 찾았다. 내 이름으로 된 돈이라고는 한 푼도 없었다. 내 이름의 은행계좌라는 것을 갖게 된 것도 심지어 그보다 한참 뒤였다. 한 달에 120불짜리인, 엘리베이터도 없는 크리스토퍼가의 아파트 4층에서 살면서 그 구역의 여장 남자들에게 에이번 제품을 팔았다. 할렘의 어느 학교에서 임신한 여학생들에게 작문을 가르치기도 했는데, 만삭의 10대 소녀들은 '원해서도 아니고 어떻게 되어서 그렇게 되었는지도 모른 채 곧 엄마가 된다는 사실에 겁을 잔뜩 집어먹은' 불안을 달래기 위해 엄지손가락을 빨며 수업 시간을 대부분 보냈다. 나 자신을 스스로 치료할 방법은 아무것도 없었다. 술과 마약을 멀리하자마자 물밀듯이 밀려들기 시작한 자기혐오와 비난을 잠재울 방도가 전혀 없었다. 다이어트 콜라와 밴티지 담배에 중독이 되었고 엄격한 채식주의자가 되었는데, 그건 그저 절인 버섯만 먹었을 뿐 심하게 손상된 뇌를 위해서는 단백질을 거의 섭취하지 않았다는 뜻이다. 솔직히 이야기하면 무엇을 먹었다는 기억조차 별로 없다. 그러나 술도 마시지 않았고 마약도 하지 않았다.

32년이 지난 지금, 마리화나는 화학치료를 견뎌낼 방법이었고, 나는 견뎌낼 방도가 필요했다. 놀랍게도 사람들이 나를 위해 마리화나를 구하러 나갔다. 지금의 내 친구들은 바닥까지 떨어졌을 때의 나를 대부분 알지 못했고 내가 술을 마시고 마약을 했을 때 나와 함께 있지 않았기 때문에, 다들 잔뜩 들떠서 내가 마약에 취해 있는 것을 보러 왔다. 그건 극장이었다. 스포츠이거나. 내가 갑자기 마리

화나를 피우고 고기를 먹는, 주머니를 단 빡빡머리 인간이 된 것이
다. 휴가. 일종의.

당신은 우리와 함께 여기에

수: "당신의 공동체에서 찾은 힘과 사랑을 모두 동원해 사자를 타요. 이 고통이 너무나 외로운, 혼자만의 것이지만, 사랑과 보호, 다정함과 열정적인 돌봄의 공동체에서 새로운 생명이 태어나고 있어요. 우리는 모두 당신의 주위에서 당신을 축복합니다. 당신은 우리와 함께 여기에 있어요. 당신 안의 생명력이 풀려나오고 있어요. 칼리가 세포에서 제거되어 암이 당신의 세포로부터 깨끗이 사라지고, 평생 당신이 시달렸던 투사된 당신-아닌-존재가 당신의 자아로부터 말끔히 없어질 거예요. 그렇게 깨끗이 씻기고 나면 당신의 원래 선함을 찾게 될 겁니다."

화학치료 닷새째 날, 사투의 정점

질의 고통, 깊이 욱신거리는 질의 고통
뼈가 부서질 것처럼 아프고
걸으면서도 느낌이 없는 발
사투의 정점에 있을 때 생기는 죽고 싶다는 욕망.
내뱉고 싶은 유독성 약물이 당신의 생명을 구하는 것임을 알면
서도 게워내고 싶은 욕망.
주머니에서는 유독성의 악취가 난다
화형
세일럼
마녀들
세포들, 폭발하는 이모티콘, 여기저기서 자살을 하는
의지의 상실
기진맥진하지만 잠은 오지 않고

닷새째에 생각해서는 안 될 것들:

지구온난화

콩고에서 죽은 6백만

유엔의 무의미함과 비용

쓰레기, 그게 다 어디로 가는지

여성들이 미용제품에 얼마나 많은 돈을 쓰는지

러시 림보*

은행가

미국의 의료보험

막 다시 암이 재발한 친구들

엄마의 외로움

내 상황을 알고 있음을 아는데도 전화하지 않는 C

영국 석유회사 BP

유니세프

래리 서머스**

자유주의자

공화주의자

인종주의 이후의 모든 것

아프가니스탄

---

* 　미국의 보수적인 라디오 진행자이자 정치비평가.
** 　클린턴 행정부 당시 재무장관을 지낸 미국의 경제학자. 여성 비하 발언으로 하버드대 총
　　장직을 하차한 바 있다.

무인정찰기 드론

트랜스섹슈얼에 대한 맹비난

익사하는 북극곰

하늘에서 떨어지는 새들

기후변화를 부정하는 사람들

콩고의 밀림 속에서 혼자 썩어가는 여성들의 시체

마리화나의 중요성을 과소평가해서는 안 된다.

엄마 같은 여동생, 루

여동생의 존재는 내 존재를 극도로 위협했다. 여동생이 태어나던 그 끔찍한 순간으로부터 절대 회복하지 못할 것이다. 나는 겨우 두 살이었지만, 이미 미인대회 우승자인 금발의 엄마로부터 요만큼의 관심이라도 받아보려고 기를 쓰던 사나운 아이였다. 여동생이란 있을 수 없는 일이었다. 참을 수 없는 일이었다. 그래서 동생이 사라지게 만들었다. 지금 생각하면 부끄러운 일이다. 동생은 흐릿한 형체, 작은 물방울, 존재의 얼룩 같은 것이었다. 이따금 내 시야 한쪽 구석에 나타나기는 했지만, 눈만 한 번 깜빡하면 사라지게 할 수 있는 그런 존재. 내 평생 해왔던 일 중 그것이 가장 부끄러운 일이다. 그 때문에, 그러니까 어떻게든 잘못을 고쳐보려고 내가 페미니스트가 되었음이 분명하다. 자매애sisterhood라는 개념은 내 안에 자리 잡고 있던 거의 자살에 가까운 경쟁심과는 너무나 맞지 않는 것이었다.

우리의 부모인 크리스와 아서는 모든 방과 사람들로부터 생명력과 공기를 다 빨아 마셨다. 그래서 더 이상 남아 있지도 않은 것을 두고 우리 둘이 싸웠던 것이다.

동생에 대해 노골적인 살인 판타지를 가졌던 기억은 없지만, 없애버리고 싶다는 격렬한 분노는 분명 기억한다. 한 번은 그 분노가 걷잡을 수 없이 폭발해 동생을 의자 밑으로 처넣고는 발로 차기도 했다.

가족 내 위계질서에서 동생은 맨 아래 칸이었다. 이 때문에 동생은 보호받기도 했지만 또한 보이지 않는 존재가 되었다. 아빠가 숨 쉴 공기와 자원, 돈, 권력, 매력 등을 모두 차지했고, 나머지는 남은 찌꺼기로 살았다. 아빠에게 가까이 가면 갈수록 훨씬 숨쉬기가 수월했지만 가깝다는 건 또한 심각한 위험을 의미하기도 했다. 우리가 어떻게 해서 지금의 우리가 되었는지 누가 알겠는가. 그게 맞든 틀리든, 나는 생존을 위해서는 비록 그 때문에 구타당하고 학대받더라도 내 이야기를 들어주고 내 존재를 누가 바라봐줘야 한다는 생각을 갖게 되었다. 관심을 독차지해야 하므로 절대 좋은 언니가 될 수 없었다. 눈에 띄지 않음이 내 최대의 적이었고, 그 생각이 내 삶을 세우는 데 근본 뼈대가 되었다.

이 이야기가 어쩌면 나의 이야기가 아니었음을 깨닫기 위해서는, 3B단계 혹은 4단계 암과 샤머니즘적 정화, 액막이로 원래 이야기를 쫓아내는 일이 필요했다.

아빠가 했던 모든 파괴적인 일—그것도 상당히 많았는데—중 우리를 갈라놓고 서로 적대하도록 한 일만큼 지속적으로 악영향을 끼친 것도 없었다. 이것이야말로 가장 심각하면서도 지속적인 나쁜 유산이었다. 그 분리가 얼마나 장소를 가리지 않고 작용했는지, 어렸을 적 가족의 이 기형적인 변형이 어떻게 암세포처럼 우리 존재의 심리적·사회적 유형을 결정하게 되었는지 이제는 알 수 있다. 이 세계는 이러한 기형적 변형(가난한 사람을 가난한 사람과, 인종 집단을 다른 인종 집단과 적대시하게 하고, 한 집단을 밟고 다른 집단이 올라가게 하는), 힘 있는 자가 계속 그 자리를 차지하는 일을 가능하게 하고자 하는 유혹에서 탄생한 제국을 기반으로 건설된 듯하다. 하지만 우리가 가장 사랑스러운 사람이나 최고의 사람, 가장 소중한 사람이나 승자가 되기를 그렇게 원하지 않는다면 어떻게 될까?

지금 루는 내 옆의 소파에 앉아 있다. 머리에 물수건을 올려주고 마리화나를 말아주고(다른 모든 일도 그렇지만 이 일도 얼마나 잘하는지), 호흡하라거나 신경안정제를 먹으라거나 인종 말살에 대한 책을 그만 읽으라는 등의 이야기를 한다. 결과적으로 루는 잘 자라서 가치 있는 삶을 살았다. 남편과 딸에게 헌신하고 이 세상에 필요한 훌륭한 일을 했다. 중요한 인물이 된 것이다. 그리고 무슨 이유에서든 지금 여기에서 나를 돌보고 있었다. 일종의 집행유예 중이었으므로 나는 입을 다물고 있었다. 루에게 이런저런 질문을 했는데, 어떤 대답을 할지 정말로 궁금해서였다. 처음에는 너무 견고한 그녀의 존재를 그저 참았지만, 날이 갈수록 그녀와 함께 있는 것을 즐기게 되었다.

우리의 새로운 시작은 위태로웠다. 잘못해서 망쳐버릴까 봐 아주 겁이 났다. 며칠 동안 거의 아무것도 하지 않으면서 가만히 있는 법을 알게 되었다. 마구 조바심이 나곤 했다. 우리는 닭 요리를 해먹고, 온라인으로 가방을 구경하기도 하고, 루의 새 아이패드로 이것저것 해보기도 하고, 말도 안 되게 형편없는 영화를 보며 울기도 하고, 조심스럽게 이따금씩 부모님 이야기를 하기도 했다. 루에게는 정해진 한도가 있었고 나는 그것을 존중해야 함을 알았다.

불행을 몰고 다니는 사람이라는 이유로 내가 더 나아졌거나 용감해진 것은 아니었다. 여기 있는 루, 피부가 부드러운, 엄마 같은 여동생의 존재는 그 자체로 치유였다. 온몸이 고열로 펄펄 끓고, 전신에 구역질이 횡행하는 와중에 여동생과 나는 맨해튼이라는 이 섬에서 사랑에 빠졌다. 그렇게밖에 설명할 수 없다. 우리의 주의를 돌릴 수 있는 다른 방향을 찾은 것인데, 그것은 곧 불가능한 아빠를 향해 위로 가거나 닿을 수 없는 엄마를 향해 밖으로 나가는 것이 아닌 서로에게 건너가는 것이었다.

엄마를 놓아드릴게요

엄마에게 초코 아이스크림을 먹여주면서 엄마가 예전에 나에게 이렇게 해준 적이 있다고 믿고 싶어진다. 엄마가 내 입에 음식을 넣어준 기억이라고는 없다. 엄마가 정말 싫다. 이게 뭔가. 화학치료라는 고치에서 기어 나와 비행기를 타고 남쪽으로 와서는 엄마에게 초코 아이스크림을 먹여주고 있다니. 이게 뭔가. 엄마도 한 번쯤은 나를 돌봐줘야 한다고 생각했기를 바라면서 다시 엄마를 돌보고 있다니. 옛날 정신과 의사는 이렇게 말하곤 했다.

"엄마한테 팔을 딱 붙이고 있으면 결국에는 엄마가 나를 안아주겠지, 하고 생각하는군요."

나의 격렬한 분노에 나 자신도 놀란다. 내가 막 병실에 들어섰을 때 엄마가 멈칫하며, '맙소사, 네가 왔구나. 화학치료를 받는 와중에도 나랑 있어주려고 왔구나' 하고 말하지 않는 것에 경악한다. 그 대신 엄마는, 점차 심해지는 치매 증상으로, 내 머리가 얼마나 마음에 드는지 모른다고 말한다. 내가 내 머리로 일종의 유행을 만들 것이고 그것이 뉴욕에서 엄청나게 퍼질 거라고 간호사 모두에게 말한다.

유행을 만들어본 적이라고는 없다. 지금까지 대부분 무엇을 입어야 할지를 겨우 맞추면서 살아왔을 뿐이다. 엄마는 스카프를 풀라고 계속 졸랐는데, 엄마가 많이 아팠으므로 나는 원하는 대로 해주었다. 엄마가 행복하기를 바라니까. 그런데 엄마는 "정말 멋있어, 네 머리가 정말 멋있어"라고 말하는 것 아닌가. 비명이라도 지르고 싶어진다. '도대체 나를, 나를 보고 있기나 한 거예요? 머리카락이 없잖아요. 만져보세요, 한번 내 머리를 만져보라고요. 아무것도 없잖아요. 머리카락이라고는 한 올도 없잖아요. 나는 암에 걸렸어요, 엄마. 장기를 반은 들어냈다고요. 온몸 구석구석 해로운 몹쓸 약물이 퍼져 있고 죽을 수도 있어요. 그런데 나는 여든다섯 살이 아니고 이제 쉰일곱 살이라고요. 내가 비행기를 타고, 백혈구 수치가 너무 낮아서 감염이 생길 수도 있는데, 그걸 감수하고, 망할 내 목숨을 버릴 위험까지 감수하면서 엄마를, 엄마를, 엄마를 보겠다고 여기까지 왔다고요.' 하지만 그렇게 말하지 않는다. 아니, 그런 일은 절대 하지 않는다. 나는 웃으면서 있지도 않은 머리카락을 끌어당긴다. 그러자 엄마는 내 조카 캐서린의 긴 금발머리와, 자신과 꼭 닮은 그녀의 눈부시게 아름다운 얼굴에 대해 이야기한다.

엄마는 예쁜 그 조카에 대해, 그녀가 얼마나 예쁜지에 대해 끝도 없이 이야기한다. 나는 까까머리이고 내 조카는 예쁘다. 아주 예쁘다. 딱 엄마처럼. 그러다가 잠깐 멈칫하더니 말한다.

"아, 너도 예뻐. 너희 모두 예뻐."

'이건 서비스입니다'라고 말하듯 방 전체에 대고 말한다. 그래서 나는 말한다.

"나는 엄마를 닮지 않았어요. 닮은 데라고는 없었죠. 그러니까 예쁘지 않아요."

그러자 이런 식의 대화가 너무 구태의연해서 화학치료의 구토 억제제라도 먹고 싶은 생각이 간절해진다.

엄마의 길고 빨간 손톱은 병원복과는 어울리지 않고 기괴해 보인다. 만들어진 엄마의 모습 중 유일하게 남은 것은 그것뿐이다. 뼈만 남은 엄마의 몸에는 검은 점과 도관, 피멍과 근질거리는 정맥주사뿐이다. 긴 백발은 너무나 가늘어 아무 데고 걸린다. 엄마가 잠이 들었나 보다 하는데 뜬금없이 "죄인이야"라고 말한다. 동생과 내가 묻는다.

"뭐라고요?"

그러자 엄마가 말한다.

"내가 죄인이야. 너희를 더 사랑해주지 못한 죄를 지었어."

내가 거짓말을 한다. 동생은 거짓말을 하지 않으니까.

"엄마는 우리를 사랑해줬어요. 죄의식 느끼실 일 전혀 없어요."

그리고 생각한다. 죄의식이 우리한테 해줄 수 있는 게 뭐가 있다는 말인가? 나 자신에게 상처를 주고 거의 죽도록 술을 마셔댄 세월을 돌려주기라도 한다는 말인가? 목 졸리고, 채찍질당하고, 맞아서 내 목과 다리와 엉덩이에 생긴 상처를 되돌리기라도 한다는 말인가? 본때를 보여주겠다고 나를 의자에 테이프로 묶어놓고 머리에 팬티를 씌운 채 하루 종일 놓아둔 일을 없던 일로 할 수 있다는 말인가? 술 취하면 광포해지는 인사불성의 아빠한테 내가 한 일을 일러바치려고, 아빠가 알면 나한테 폭력을 휘두를 것이 분명한 일을 일러바치려고 아빠를 흔들어 깨운 일을 도대체 엄마는 왜 한 건지 내가 이해하게 되기라도 한다는 말인가?

"빨리 와봐요, 아서, 쟤가 또 그랬어, 담배를 또 피웠다니까. 보여줄 테니 빨리 와봐요. 남자아이랑 몰래 도망 나갔어. 밤에 보니까 침대에 없더라고. 빨리 오라니까요, 아서. 이건 당신이 처리해야 해요."

그래서 아빠가 처리했다. 보통은 주먹과 욕질로. 엄마가 내 쪽으로 몰았던 술에 취해 정신이 혼미하고 광포한 괴물. 죄. 나는 거짓말을 한다.

내 수술 자국을 보겠느냐고 묻는다. 엄마는 원하지 않는다. 한번도 원한 적이 없다. 하지만 어쨌든 보여주기로 한다. 엄마의 담당 간호사가 관심 있는 척한다. 수술 자국을 보여준다. 몸통 전체에 길게 걸쳐 있는 상처. 거의 본체만체하면서 엄마가 말한다.

"내 것이 더 길다. 내 수술 자국은 온몸에 빙빙 돌아가며 있어."

엄마에게 그런 상처는 있지도 않다. 내가 화학치료를 받고 있다고 이야기했을 때도 반응은 똑같았다. "나도 했었다. 그렇게 힘들지는 않았어"라고 엄마가 말했다. 아주 별거 아닌 것처럼 말했는데, 사실 엄마는 화학치료를 받아본 적이 없다는 사실을 알았다. 내가 암에 걸렸고, 엄마의 암이 재발했다. 그리고 내가 화학치료를 받기 시작하자 엄마는 돌아가시려는 참이다. 이번에도 엄마가 이길 것이다.

엄마는 너무 허약하다. 금방이라도 부서질 것 같지만, 사실은 그렇지 않다. 부서질 것 같다고 생각해 비싼 도자기라도 되는 듯 엄마를 대했던 사람들 그 누구보다 엄마는 오래 살았다. 세 종류의 암에 걸렸어도 지금까지 살았다. 엄마는 항상 "오래 살고 싶은 마음이 손톱만큼도 없다. 너무 늙기 전에 이 세상을 뜨게 해줘"라고 말했다. 엄마는 여든다섯 살이고 폐 한쪽만 가진 채 여전히 바득바득 살고 있다.

뼈가 앙상한 엄마의 가슴을 문지르며 숨을 들이쉬고 내쉬도록 한다. 진정시킨다. 내가 이런 일을 할 수 있다는 게 놀랍다. 엄마가 아이이고 내가 엄마다. 나는 엄마에게 눈을 감으라고 하고 엄마는 내 머리에 비스듬히 머리를 기댄다. 머리를 통해 엄마와 이야기를 하기로 한다. 모든 걸 말하기로 한다. 이 순간이 내가 자유로워지는 순간이 될 것이다. 내 뇌를 엄마의 뇌에 바짝 붙인다. 내가 얼마나 화가 나 있었는지 말하고, 하지만 이제는 다 지나간 일이라고 말한다. "지금까지 평생 기다렸는데, 엄마는 오지 않았어요"라고 말한다. "엄마의 벽이 허물어져서 언젠가 엄마가 나를 기억하고, 가여워하고, 걱정할 거라고 믿고 싶었어요"라고 말하고는 "하지만 그런 일은 없었죠"라고 덧붙인다. "그래서 엄마를 미워했고, 평생 동안 그 미움을 지니고 있었어요. 나를 보호해주지도 않았고, 나를 보호함으로써 내가 나 자신을 보호할 권리가 있음을 가르쳐주지도 않았기 때문에 엄마를 미워했죠"라고도 말한다. "나는 병이 났어요. 엄마를 비난하는 일은 이제 안 해요. 있었던 일이나 없었던 일이나 다 지나간 일이죠. 과거는 과거고 지금은 아니니까요. 이제 그런 건 다 잊어버리고 싶어요. 엄마를 찾아 세상을 뒤지고 다니거나 사랑을 갈구하는 일은 안 할래요. 이 순간이 내가 자유로워지는 순간이기를 바라요. 그래서 엄마를 놓아드릴게요"라고 말한다. 우리는 머리를 맞대고 앉아 있고, 그쪽 어딘가에서 엄마가 내가 말하는 것을 듣고 있음을 안다. 몸의 긴장이 풀리면서 반감과 허기가 내게서 떠나가는 것을 느끼고, 엄마도 편안해지면서 우리는 이렇게 잠이 든다.

엄마 병실의 간이침대에서 새벽 4시에 잠에서 깨보니 엄마가 신음하고 있다. 몸이 얼음장 같다. 에어컨이 혼자서 너무 차게 돌고 있다. 담요를 들고 엄마 침대로 기어올라간다. 엄마가 내 몸을 이렇게 감싸줬으면 하고 항상 바랐던 식으로 엄마를 감싸 안는다. 부들부들 떠는 엄마의 앙상한 몸을 담요로 감싸 안고 내 쪽으로 끌어당겨 꼭 안는다. 엄마의 신음이 멈춘다. 그러더니 잠결에 엄마가 말한다.

"끔찍한 악몽을 꿨어. 그 사람들이 우리 심장을 가지러 온 꿈을. 내 심장은 원하지 않았어. 네 걸 제일 원했지. 우리 심장을 뺏으러

오고 있다고."

'그 사람들이 누군데요?'라고 묻고 싶어진다. 하지만 어쩐지 알 것 같다. 엄마를 더 꼭 안아주면서 말하는 내 목소리가 웅숭깊다.

"겁먹을 거 없어요. 우리 심장을 가져가지 못할 거예요. 내가 가만히 있지 않을 거예요. 약속해요."

다음 날 아침, 엄마의 심장에 문제가 생겼기 때문에 병원에서는 엄마를 심장 담당 부서로 옮긴다. 죽음의 과정은 우리가 살지 않는 곳으로 찾아온다.

그건 바닷가였지, 아마

해가 지고 있었다. 루는 바깥에 나가 앉자고 했다. 그건 아마 바닷가였을 것이다. 하지만 주차장이었을 수도 있다. 바람에서 짠 바다 냄새가 났다. 바람은 우리를 잡아주면서 모든 것을 산산이 부수고 있었다. 할 말은 하나도 없었다. 서로 비난하거나 갈망하는 단계는 넘어서 있었다. 누가 더 사랑을 받았느니, 누구는 전혀 사랑받지 못하였느니 하는 단계도 지났다. 플로리다, 다 타버리고 화석과 유적만 남은 장소.

　모자를 벗었다. 머리카락도 없이 끈끈한 머리를 바람이 쓸고 지나갔다. 습한 공기가 포옹과도 같았다. 모든 게 얼마나 빨리 일어났는지 루와 나는 넋이 나간 기분이었다. 엄마가 죽어가자 이상하게 우리는 배가 고팠다. 아이들이 먹는 것들을 함께 먹었다. 모두 튀긴 음식이었다. 둘이 나눠 먹었다. 루는 와인을 마셨다. 서로 말이 없어지면 내가 루를 부추겨 옛날 집에서 벌어진 끔찍한 일을 되짚게 한

적이 있었지만, 지금 그런 것에는 흥미가 없었다. 끔찍한 일들. 키부 호수가 생각났다. 한 번은 고마^{Goma}에서 부카부로 가는 배를 타고 호수를 건너가는데 갑자기 물결이 미친 듯 거칠어져서, 사람도 너무 많이 타고 짐도 너무 많이 실은 배를 집어 삼킬 듯 파도가 솟구쳤더랬다. 나는 다른 사람들처럼 빠져 죽을까 봐 걱정하지 않았다. 수영을 할 줄 알았으니까. 두려웠던 것은 물 아래에 있는 것, 그 모든 시체와 절단된 신체였다. 숲에서 죽임당하거나 강간당하거나 도끼에 찍힌 사람들, 가족 모두, 혹은 마을 전체가 살해당해서 죽었다는 사실조차 알려질 수 없었던 사람들, 컴컴한 바다 멀리까지 밀려가 여전히 자신의 차례를 기다리며 뒤집힌 가능성처럼 깐닥거리는, 외롭게 둥둥 떠다니는 시체. 나는 물속에 걸어 들어가 죽을 거라고 항상 생각했다. 하지만 엄마의 병실을 나섰던 그날 밤, 거기 물이 있었는지는 확실하지 않다. 그건 오히려 물이라는 관념이었을 것이다. 굉장히 가까이 다가왔다가는 이제 이해할 만하게 되자 바로 물러서버리는 어떤 것. 그게 엄마였다. 바람이 루와 나를 꼭 붙잡고, 바람이 모든 것을 산산이 부순다.

숨길 수도, 담아둘 수도 없는

엄마가 일주일 만에 내게 배변 훈련을 시켰다고 자랑스럽게 이야기했던 것이 기억난다. 도대체 기저귀를 떼려 하지 않아서 엿새인가 이레 동안을 더러운 기저귀를 갈아주지 않고 그대로 내버려뒀다고 하면서, 요상하게도 사악한 웃음소리를 내며 이렇게 말했다.

"진짜로, 네가 알아먹더라고. 제발 이 기저귀 좀 벗겨달라고 사정하더라니까."

어렸을 때 엄마가 나를 관장하는 데 무척 집착했었다는 이야기를 했던가?

나는 변비에 걸렸던 기억이 없다. 변비 때문에 엄마가 나를 관장했던 건 아니라고 본다. 그건 내 속을 씻어내는 것, 이것을, 이 못된 것을 내 속에서 빼내기 위함이었을 것이다. 나는 피부색이 어두운 유대인으로 태어났고 엄마는 앵글로색슨계 백인 신교도인 와스프 Wasp였다. 뭐, 그쪽에 가까웠다. 어느 정도는 와스프이고 다른 것도 물론 있었다. 와스프 아닌 못난 백인 것들. 출생이나 근본이라고는 알 수 없는. 그녀가 나의 엄마라고 생각한 사람은 아무도 없었고, 나 역시 그랬다. 입양되었다고 오랫동안 믿고 살았다. 루마니아의 니콜라에 차우셰스쿠가 25년간 공포정치를 한 후에 아이 수십만 명이 고아가 되었다는 사실이 알려졌을 때, 나는 내가 그 중 하나라고 확신했다. 관장은 엄마가 나를 나 아닌 다른 존재로 만드는 방법이었다. 완벽한, 아주 말끔하게 틀어서 위로 말아 올린 머리, 우아하고 절대 헝클어짐 없는. 관장은 나를 엄마가 창피하지 않을 어떤 존재로 만들기 위함이었다.

몇 년 동안 나는 똥을 무서워했다. 똥에 대한 꿈에 무척이나 시달렸다. 엄청난 똥이 바다처럼 밀려와 나를 집어삼켜 먹어버리는 꿈. 이제 나는 진짜로 똥의 바다, 더 이상은 내가 통제할 수 없는 똥의 바다에서 허우적거리고 있다. 지금 나는 똥주머니를, 표현되지 않은 감정이 제멋대로 쏟아져 나오는 질펀한 주머니를 차고 있다. 때문에 집을 나서는 일이 난감할 때가 많았다. 어떤 때는 주머니가 그냥 터져버리기도 했다. 신경을 잔뜩 쓰면 위가 부풀어 올랐다. 스토마 접착제는 제대로 붙지 않아 온통 엉망이었다. 사람들이 보통 암에 걸린 사람에게 이야기하듯 나에게 말을 거는 사람을 거리에서 마주치기라도 하면 더 이상 주머니를 믿을 수가 없었다. 그거 아는가? '저 사람은 이제 끝이구나'가 끔찍할 정도로 분명하게 드러나는, 그 독실한 체하는 동정. 나는 까까머리 환자의 미소를 보이며 그들에게 관심을 보이며, 걱정하지 마세요, 괜찮아요, 하고 말한다. 암은 이제 없어요. 안 죽어요. 그런데 주머니가 말썽을 부리는 것이다. 말 같지도 않은 말을 막 마칠 때쯤 스토마는 벌써 부풀기 시작하고 주머니는 빵빵해진다. 혹은 새로운 연극의 대본 읽기에서 나로서는 영 신뢰가 가지 않는 연출자가 내게 다가오고, 내가 그와 악수를 하려는 참에 아래를 내려다보니 내 손이 온통 똥투성이인 것이다.

똥이었다. 예측할 수 없는 똥. 내 똥이지만 저 밖에 있는. 더 이상 숨길 수도 없고 안에 담아둘 수도 없었다.

친구 라다와 함께

빨간 머리에 유고슬라비아 억양을 가진 친구 라다에게 전화를 한다. 라다는 외국어 열댓 개를 구사하고, 역사를 모르는 나라가 없고, 세계 어떤 다리나 기념비든 이름만 대면 그것이 언제 그리고 왜 지어졌는지 이야기해줄 수 있다. 그녀는 언어학자이자 페미니스트이며 활동가다. 그녀가 만든 야채수프는 내가 지금껏 맛본 것 중 최고다. 또한 그녀는 핀란드/크로아티아 사전을 썼다. 내게는 라다가 필요하다. 와달라고 부탁한다. 그건 단지 그녀의 수프나 손이나 피부나 상상력도 아니고, 그녀가 말하는 투나 알고 있는 것들도 아니다. 단지 아주 똑똑하면서도 동시에 굉장히 현실적이라거나, 그녀야말로 나의 주머니나 똥을 두려워하지 않을 한 사람이기 때문만도 아니다. 단지 그것 때문만은 아니다. 우리가 함께 전쟁 지역을 여행하면서 겪은 일들 때문이다.

나는 그녀를 1994년에 만났다. 보스니아의 강간 수용소를 막 탈출해 공포에 질리고 충격에 빠져 있는 예닐곱 명의 여자아이 사진이 『뉴스데이Newsday』의 표지 사진으로 실린 것을 보았다. 사진 속의 무엇, 강간 수용소라는 것의 그 무엇 때문에 나는 어떻게든 거기에 가서 여자아이들을 만날 방도를 찾았다. '여성전쟁희생자를 위한 센터'라는 곳이 자그레브에 있었다. 팩스로 편지를 보냈다. 대답이 없었다. 다시 팩스를 넣었다. 그쪽에서는 별 관심이 없음이 분명했다. 외국에서 몰려드는 기자나 작가에 대해 부정적인 생각을 갖게 되었음이 분명했다. 팩스를 네 통 더 보냈을 때쯤에야 드디어 그들은 그곳으로 와서 사무실 소파에서 잠을 자도 좋다고 허락했다. 거의 노벨 평화상을 타기라도 한 듯한 기분이었다.

라다는 센터 운영자 중 하나였다. 그녀가 내 통역을 맡게 되었는데, 별로 달가워하지 않음이 분명했다. 그녀에게 나는 그들의 이야기만 훔쳐 갈 뿐 그들을 고통 속에 그냥 내버려두는 작가 중 하나일 뿐이었으니까. 그녀는 나와 관련해 열성적이지는 않았지만 불친절하지도 않았고, 나를 위해 통역해주며 많은 시간을 보냈다. 피난민을 위한 수용소와 센터, 뒷마당, 무너져가는 공산주의 구역에서 며칠을 보냈다. 여름이라 아주 더웠다. 사람들이 꽉 들어찬 버스를 타고 다녔는데, 살던 곳에서 쫓겨나 잊힌 사람들의 축축한 옷에서 땀과 심리적 외상, 공포가 스멀스멀 피어올랐다. 그해 8월, 우리는 가득한 담배 연기와 비참함 속에 완전히 파묻힌 채, 진한 터키 커피를 마시고 뷔렉과 바클라바를 먹었다.

여성들의 이야기가 내 속으로 들어오기 시작한 것이 보스니아에서였다. 광장으로 끌려 나가, 남편과 가족, 친구들이 보는 앞에서 강간당했던 여성들에 관한 수백 개의 이야기. 노예처럼 며칠이고 붙잡힌 채, 정신병자 군인들에게 계속해서, 때로는 한 번에 예닐곱 번씩 몸을 유린당한 어린 소녀들의 이야기. 몇몇 경우에 세르비아인을 포함해 보스니아인과 이슬람교도, 크로아티아인을 인종적으로 파괴하기 위한 체계적이고 계획된 전술로 강간이 사용되었음을 분명히 보여주는 이야기들. 자신들의 땅과 키우던 소와 염소를 두고 떠날 수밖에 없었던 여성들, 군인들에게 끌려간 후 감감무소식인 남편과 아들들을 기다리는 여성들의 이야기. 산탄총처럼 정서적으로 내 안에 파고들어 세포와 내장에 박혀버린 이야기들. 결국에는 나를 사로잡아 나를 인도하게 된 이야기들. 절대 나를 놓아주지 않던 이야기들. 그리고 물론 그 이야기들이 다른 여성들과 다른 나라, 다른 이야기로 계속 이어졌고, 그 모두가 궁극적으로는 콩고라는 최종적인 이야기에 이르렀던 것이다.

이 모든 것이 보스니아에서 내 친구 라다와 함께, 그리고 무엇을 찾고 있었는지는 모르지만 어쨌든 내가 들어야만 했던 이야기와 함께 시작되었다. 폭력이라는 것이 과연 어떤 것인지 알아야 했다. 다른 사람들은 어떻게 그것을 겪고 살아남았는지 알아야 했다. 들어야 했다. 하지만 내가 정말로 필요했던 것은 세상을 아는 것, 세상의 진실을 아는 것이었다. 모든 것을 연결하는 보이지 않는 가장 근본적인 이야기를 찾아내야 했다. 그 이후에도 나는 거듭해서 발칸반도로 돌아갔다. 그때마다 라다가 나를 맞아주고 함께해줬다.

이렇게 해서 우리의 우정이 자라났다. 전쟁을 이해하려고 애쓴 두 여성. 고통받는 여성을 사랑하려고 애쓴 두 여성. 우리는 작은 침대에서 함께 자고, 신선한 무화과를 나눠 먹고, 우리의 설사와 변비를 비교하고, 함께 감기에 걸리고, 좋은 커피가 있는 곳을 소중히 했다. 어느 날은 섬에 있는 피난민과 생존자를 위해 큰 그릇에 복숭아와 딸기, 오이, 레몬을 잘게 부숴 마스크팩을 만들었다. 자선 행사와 공연, 워크숍도 열었다. 심리적 외상에 대한 책을 읽고, 아무도 없이 버려진 크로아티아의 해변에서 휴가를 보냈다. 여름 동안 작은 오두막에서 함께 살았는데, 각자가 서로의 짝과 섹스하는 소리까지 들을 수 있었다.

이제 그로부터 거의 15년이 지났고 우리는 둘 다 오랜 결혼 생활 끝에 이혼했다. 새로운 전쟁이 발발했고 나는 암이 생겼다.

우리는 몬턱Montauk에 갔다. 사라져버리고 싶을 때 내가 가는 곳이다. 함께 바닷가를 걸었고, 라다가 놀라운 수프를 만들어줬고, 함께 소리 내어 시를 읽고, 서로에게 사진을 보여줬다. 환희의 도시를 만드는 여성들을 찍은 비디오를 봤다. 그녀는 애석한 듯이 사랑에 빠지는 꿈을, 나는 살아남는 꿈을 꿨다. 전범들에 대한 재판과 보스니아 여성들이 여전히 그들에 대한 법의 심판을 기다린다는 것도 이야기했다. 콩고에서 갈등이 끝나가는 것에 대해서도 이야기했다. 나의 암이 그녀를 심란하게 했다 해도, 나로서는 알아채지 못할 정도였다. 그것은 또 다른 싸움, 우리가 뚫고 나가야 할 또 다른 어떤 것이었다. 해야 할 일이 있었다. 그녀는 나에게 소식을 전해줌으로써 나의 분노를 불살랐고, 앞으로의 계획을 세우는 것을 도와줬다. 어깨와 목을 거의 매일같이 주물러줬다. 내가 필요하므로, 사랑으로 나를 링 위로 다시, 다시 밀어 올린 것이다.

죽음과 타미 테일러

화학치료를 받는 한 달 동안 제임스가 나와 함께 있다. 그는 나에게는 가장 오빠 같은 사람이다. 우리는 아주 비슷하다. 그는 꽃을 화병에 꽂고 아름다운 그림을 그리며, 내 옷장을 정리하고 오래된 책을 정리하는 일을 도와준다. '모자 쓴 고양이' 책장을 만들어주고 내 샤워 부스에 꼭 맞는 유리문을 찾는 걸 도와준다. 배우이자 예술가이기 때문에 감수성이 예민해서 어쩐지 화학치료를 함께 받고 있다는 느낌이 든다.

밤마다 제임스와 나는 텍사스 주의 딜론으로 떠난다. 이건 놀랄 일이다. 나는 진정으로 텍사스나 미식축구, 작은 마을에 끌려본 적이 한 번도 없다. 속이 메슥거리기 시작한다. 몸도 아프다. 우리는 마리화나를 피우고 도시락을 싸서 밖에서 먹고 여행을 한다. 이유가 뭔지, 혹은 왜 지금에 와서 그러는지 알 수는 없다. 하지만 상당 부분 타미 테일러 때문임을 안다. 그녀는 빨간색 긴 머리에 키가 크고, 엄청나게 똑똑하며, 섹시한 남부 출신으로, 상냥하면서도 멍청하지 않다. 나는 그녀가 엄마였으면 하다가 애인이었으면 하고, 또 친구였으면 하기도 한다. 나는 타미 테일러를 위해 산다. 제임스는 절대 현실에서는 가능하지 않은 나쁜 녀석인 팀 리긴스를 위해 산다. 그건 고등학교 미식축구 팀을 중심으로 벌어지는, 〈금요일 밤의 경기Friday Night Lights〉라는 TV 드라마다. 전에는 TV를 제대로 본 적이라고는 없었다. TV는 항상 나를 우울하게 했으니까.

정말 마음에 드는 것은 우리가 지금 정말로 텍사스의 딜론에 산다는 것이다. 테일러 코치와 타미, 팀, 매트, 줄리, 빈스, 제스, 그리고 라일라 개리티와 같은 그곳의 친구들을 만나기 전까지 우리의 하루 일과는 그저 시간을 보내는 것에 불과하다. 그것이 그들의 삶이 더 흥미롭기 때문이라고 말하고 싶지는 않지만, 사실은 그게 맞다. 나는 집을 벗어나는 일이 거의 없기 때문에 이것이 그나마 여행에 가장 가까운 것이다.

TV 드라마에 집착하는 사람같이 되어버렸다. 내게 벌어지리라고는 상상도 못 했던 많은 일이 일어나고 있다. 매일 내가 스스로 특별하거나 다르다고 여겨왔던 어떤 면이 사라져버린다. 예를 들면 나는 내가 '암이 걸릴 사람'이 아니라고 굳게 믿었더랬다. 그게 무엇을 뜻하든. 감정적이거나 에너지가 넘치는 사람들은 암에 걸리지 않는다고 생각했기 때문이다. 나는 심장마비나 뇌졸중으로 죽을 것이라고 확신했다. 내가 고려하지 못했던 것은, 첫째, '감정적인'이란 '계몽된'을 의미하지 않는다는 점, 둘째, 유독성의 세계, 셋째, 집안

내력, 그리고 마지막으로 심리적 외상이었다. 우리는 자기 자신을 지키기 위해 이야기를 지어낸다. 나는 암에 걸릴 사람이 아니야. 자동차 사고로 죽을 사람이 아니야. 어린 시절을 힘들게 보냈으니까 앞으로의 인생은 편안할 거야. 나는 내 몫을 다 지불했어. 이런 소소한 신화나 동화 덕에 우리는 존재론적인 어떤 극단에 이르지 않을 수 있는 것이다. 이제 나는 이를테면 그 지점을 넘어섰고, 어떤 규칙도, 믿을 만한 이야기도 없음을 알게 되었다. 고통이 있을 뿐이다. 그것이 보통의 삶이고, 그것이 매일 일어난다. 나이 들면 들수록 그런 일이 점점 더 많이 일어나는 것이든지, 아니면 그와 관련해 당신의 시각이 확장되는 것일 수도 있다. 그것은 당신의 평범함, 당신의 대머리, 당신의 주머니와 마찬가지로 피할 수 없는 일이다.

TV를 보면 항상 죽음을 생각하게 된다. 텅 빈 공허함에 뭔가가 있다. 열 살 이후로 줄곧 죽음을 생각해왔다. 어쩌면 그 이전부터.

열 살 때 〈투명인간The Invisible Man〉을 보고 있었다. 그것은 아이가 보기에는 무척이나 난해한 영화였을 텐데, 클로드 레인스—불가해할 정도로 항상 위트 있고 똑 부러지고 잘생긴, 당시 나의 대리 아빠—가 보기만 해도 무시무시한 하얗고 두꺼운 붕대를 얼굴과 머리에 둘둘 감고 있었다. 아주 중요한 장면에서 그가 붕대를 풀었고 나는 뭔가 무시무시하고 괴기스러운 것이 나타나기를 기다렸다. 그가 붕대를 풀자, 거기에는, 어떤 기형적인 모습 대신에, 그보다 훨씬 더한 것이 있었다. 아무것도 없었다. 얼굴과 머리가 있던 자리에는 아무것도 없었다. 지금까지도 온몸이 오싹하며 토할 것 같은 기분이 든다. 클로드 레인스는 보이지 않고, 없어졌다. 이후 사흘 동안 나는 계속 토했고 그때부터 어두운 것을 지나칠 정도로 두려워하게 되었다.

죽음. 며칠이고 그것에 익숙해지려 애썼다. 나 자신이 '죽음이라는 것'이라고 부른 것 때문에 수년간 괴로워했다. 죽을 수밖에 없다는 사실에 대한 갑작스러우면서 통렬한 깨달음, 내가 이곳에 계속 존재하지 못하고 사라져버릴 것이라는 생각이 불현듯 내 존재를 지배한 순간 때문에. 불현듯 내 존재를 후려치는 그 순간은 너무나 직접적이고 너무나 절대적이어서 숨이 멎을 지경이었다. 그 '죽음이라는 것'은 서점에서든, 샤워할 때든, 일할 때든, 잠자리에 들었을 때든 찾아왔다. 꿈에서 그 순간을 만나면 정말로 숨이 턱 막히며 벌떡 일어나 앉곤 했다. 그것은 너무 자주 벌어져 심지어 일부러 끄집어낼 수도 있게 되었다. 그렇게 하기 시작한 이유는 그것을 통제하거나 내 마음대로 하기 위해서였다. 그런데 이제 나는 죽어간다. 그것은 이제 더 이상 '죽음이라는 것'이 아니다. 내게 생길 수도 있는 일을 불현듯 깨닫게 되는 것이 아니다. 내게 생길 어떤 것이다. 이미 시작된 어떤 것이다. 나는 종말에 이르는 병에 걸렸다. 많은 사람이 그 병으로 죽고 나도 곧 죽을 수 있다. 사람들은 이런 식의 생각은 하지 말라고 한다. 하지만 내게 벌어질 가장 커다란 사건에 대해 왜, 그리고 어떻게 생각을 하지 말아야 하는지 모르겠다.

죽음은 내 존재를 끝장내고 육신을 뼈와 흙으로 만들 어떤 것이다. 내가 앞으로 별을 올려다본다거나 이른 봄날 산책을 나선다거나 웃는다거나 누군가와 섹스를 할 때 엉덩이를 이리저리 움직인다거나 할 수 없게 만드는 어떤 것이다. 우는 것이 도움이 될지도 모르겠다. 울면서 죽음의 길로 가야겠다.

제임스는 매일 밤 내 침대에서 함께 잔다. 예전에는 이렇게 친밀하게 지낸 적이 없다. 나는 불안하다. 죽어가는 것이다. 암에 걸렸었고, 내 세포는 그것과 싸워 없애려 애쓰는 중이다. 죽을 수도 있고 살 수도 있다. 용기를 내본다. "지미"라고 부른다(그를 지미라고 부르는 건 나밖에 없다). 타미 테일러와 똑같은 남부 억양으로 "지미"라고 부른다.

"지미, 가슴에 머리를 좀 얹어도 될까?"

저음의 남자 목소리로 그가 "물론이지"라고 말하고, 코치가 하듯이 똑같이 나를 끌어안는다.

사랑에 대한 불타는 명상

유독성 약물이 주입되는 데서 오는 피로, 당신의 몸이 그 공격에 맞서 싸우거나 그 공격을 그저 버텨주는 데서 오는 피로에는 뭔가가 있다. 화학약물이 주입되면서 뭔가가 확 움켜쥐고 쥐어짜는 느낌. 그것은 너무나 힘이 들고 파국적이어서 당신을 어떤 신비로운 장소로 데리고 간다. 당신의 몸속으로 아주 깊이 들어갈 수 있는, 당신의 몸이라는 동굴의 저 안쪽으로 깊이, 너무나 깊숙해서 세상의 바닥에 닿을 정도로 깊이 들어갈 수 있는 곳. 바로 거기서 나는 사랑에 대한 불타는 명상을 시작했다.

어렸을 때 나는 아주 귀여움을 받았지만 동시에 경멸도 당했다. 나를 우러러보기도 했지만 훼손하기도 했다. 아무 조건도 없는 사랑에 대해서는 전혀 알지 못했다. 실현할 수 없는 어떤 기대에 맞춰 살아야 하는 일을 수반하지 않는 사랑에 대해서는.

아빠의 심장은 너무나 차갑게 식어버려서, 미처 잘못된 일을 바로잡거나 작별 인사를 하지도 않은 채 이 세상을 뜰 수 있었다. 아빠의 심장은 너무나 차갑게 식어버려서, 돌아가시기 일주일 전 의식이 혼미한 상태에서 엄마에게 나를 유언장에서 빼버리라고 말했다(엄마가 이 이야기를 왜 나에게 했는지는 도대체 확실하지가 않다). 그러고는 내가 거짓말쟁이라는 사실을 꼭 기억해서 내가 말하는 건 뭐든 절대 믿지 말라고 엄마에게 말했다. 수년이 흐른 후, 살면서 그어떤 일보다 힘들게 겨우 마음을 먹고 바닷가에 사는 엄마를 찾아가 아빠가 나를 성적으로 학대했다고 말했을 때, 엄마는 아빠가 말해주지 않았다면 내 말은 절대 믿지 않았을 것이라고 했다.

사랑이란 성공하거나 실패하는 어떤 것이었다. 마치 기업 활동처럼. 이기거나 지거나. 당신을 사랑했다가는 사랑이 끝나고. 나무의 경우에 그랬듯 나는 중요한 것을 못 본 것이었다. 이론상 내가 사랑했고 또 나를 사랑했던 남자는 모두 사라져버렸다. 몇 년 동안 관계를 가졌건만 신열로 들뜨는 이 긴 시간 동안 내 다락방을 찾아오는 이는 아무도 없었다. 15년을 함께 살았던 첫번째 남편은 내게 두 줄짜리 이메일을 보냈고, 13년을 함께 살았던 남자는 카드 한 장을 보냈고, 그만큼의 기간 동안 사귀었던 다른 애인은 아예 연락도 없었다. 내가 먼저 그에게 연락해서 암에 걸렸다고 이야기하지 않아서 그가 무시당했다고 느꼈다는 이야기를 나중에 들었다. 비난이 아니라 그저 사실일 뿐. 나는 사랑에 실패했거나 사랑에 관해 내가 구입한 이야기에서 실패했을 뿐이었다. 펄펄 끓는 나의 몸을 몰고 세상의 밑바닥까지 가면서 그 사랑했던 관계의 유령과 영광, 끔찍한 순간과 다정한 순간을 거쳐 갔다. 솔직히 말하면 남은 게 그다지 많지는 않았다. 원한도 갈망도 없었다. 그리고 그 점이 가장 괴로웠다. 나이 쉰여섯에 겨우 이거라니. 애인도 없고, 친구도 없고, 힘이 되는 기억도 없고. 절망이 내 안에서 활활 타올랐다. 사랑에 있어서의 실패라는 잎사귀들이 내 안에서 모닥불을 이루며 타오르던 나날이었다. 사랑과 관련하여 내가 살아왔던 이야기는 이제 완전히 끝나버렸다. 배경은 모두 시커멓게 타버렸다. 앞으로도, 뒤로도 길은 없었다.

이 불길이 내 안에서 미친 듯이 타오르는 동안, 내가 미처 알아채지도 못한 다른 연금술의 춤판이 주변에서 벌어지고 있었다. 그것은 새벽 5시에 내 위장을 달래기 위해 반숙 달걀을 만들고 있는 MC, 나는 잘 알지도 못하는데 뜻밖에 발을 주물러주러 들른 에이미, 병실에 나타난 수전, 소파에서 자고 있는 아들, 이탈리아에서 와서는 한 달 내내 머물면서 내 다락방을 아시람ashram*으로 삼고 있는 니코, 분홍색 빅Bic 면도기로 내 머리를 밀어주는 니코, 실크 잠옷을 매주 상자에 담아 보내주는 캐롤, 감염에 걸려 어둠 속에서 헤맸던 며칠 밤을 함께했던 제니퍼, 끔찍한 슬론-케터링 암센터에서 수프를 떠먹여주던 도나, 점심을 사주려고 캐나다에서 와서 창백한 내 모습을 보면서도 나를 건강한 사람 대하듯 했던 스티븐, 내가 맨 정신으로 있을 수 있게 일요일마다 와줬던 미셸, 잠옷과 볼리비아의

---

* 힌두교도들이 수행하며 거주하는 곳.

퀴노아를 들고 나타난 아비^{Avi}와 나오미, 겨우 주말을 보내겠다고 비행기를 타고 날아온 세실, 우드스톡의 히피 장신구를 하고 온 제인, 내 생일에 병실까지 어떻게 알고 찾아온 폴라 M, 엄마를 만나러 가기 전날 밤 내 짐을 꾸려주던 코코, 대마초 때문에 나를 혼내던 푸르바, 정말 힘겨웠던 밤에 함께 팀을 이뤄 나를 돌봐줬던 주디(그녀를 네 살 때부터 알았다)와 그 딸 몰리, 매일 내가 원했던 순간에 정확히 시를 보내줬던 킴, 주머니를 찬 내 알몸을 사진으로 찍어준 폴라 조, 손수 만든 카드를 한 상자 가득 보내준 스리랑카 소녀들, 죽음에 대한 명상에 함께해준 마크, 보르시^{borscht}*를 만들어준 바시아였다. 또한 뎁과 연락을 취해 나를 매요 클리닉에 넣어준 팻과 나를 마음껏 웃게 한 로라와 엘리자베스, 인도 콩 요리인 달을 만들어준 우르브였다. DVD를 들고 정기적으로 나타난 루, 그리고 토스트, 나로 하여금 힘을 다해 싸우도록 부드럽게 도와준, 〈리어왕〉의 켄트와 같은 헌신을 보여준 토스트였다. 언제나 그 자리에 있는. 절대 흔들리지 않는. 절대 불평도 않는. 수많은 날을 화학치료를 받는 동안 내내 매일 모였던 이 섬세하면서 소박한 친절함, 그것이 사실은 사랑이었다. 사랑. 이것이 사랑이란 것을 이전에는 왜 몰랐던 걸까?

나는 항상 사랑을 구하려 애썼지만, 사실 사랑은 애써 구하는 것이 아니다. 나는 항상 커다란 사랑, 궁극적인 사랑, 한눈에 반하게 만들거나 "못난 자아의 딱딱한 껍질을 깨부수는"(다이사쿠 이케다)

---

* 비트를 주 재료로 한 우크라이나와 동유럽의 음식.

사랑을 꿈꿨다. 나 자신을 다 바치는 사랑. 모든 것을 쏟아붓게 만드는 사랑. 거기 그렇게 누워 있으면서 든 생각은, 내가 이 큰 사랑, 궁극적인 사랑을 꿈꾸는 동안 사실 알아차리지 못한 채 평생 사랑을 주고 또 받아왔다는 것이었다. 내 바로 앞에 서 있는 저 나무의 경우처럼 나를 먹이고 지탱해주고 기쁨을 줬던 것들의 가치를 알지 못했다. 이 거대한 사랑을 상상하고 찾아다니고 꿈꾸고 준비하느라 너무 바빠서 반숙 달걀과 볼리비아 퀴노아의 멋진 완벽함을 완전히 놓치고 있었던 것이다.

삶의 많은 부분이 틀을 만들고 이름을 붙이는 일인 것 같다. 미래의 사랑을 만들어내느라 너무 바빠서 사실상 사랑의 삶으로 살고 있던 삶을 전혀 알아채지 못했다. 그때까지 나 자신의 이야기를 기꺼이 끌어안을 자격이 있다거나 그만큼 자유롭다고 느낀 적이, 솔직히 말하면 그만큼 용감했던 적이 한 번도 없었기 때문이다. 내 뜻을 밀고 나가 내가 남몰래 원했음이 분명한 삶을 지어냈지만, 역설적이게도 그것은 겉으로 드러나서는 안 되는 비공개적인 것이어야 했다. 화학치료는 그 포장을 태워 없앴고, 갑자기 나는 내 방식의 삶을 살게 된 것이었다. 그렇게 환희가 시작되었다. 커다란 기쁨, 숨겨져 있던 보물을 찾아낸 영혼의 해적이 느끼는 순전한 기쁨이.

우리가 단 한 사람만을 사랑하게 되어 있다는 생각을 항상 납득하기 힘들었다. 억지스럽다는 느낌. 젊었을 때 일부일처제라는 단어는 상당히 거슬리고 무시무시하기까지 했다. 나는 내 첫번째이자 유일한 결혼식의 결혼서약에 그것을 넣지 않겠다고 했다. 계속해서 바람을 피우게 되어 있는 남자랑 결혼한다는 사실을 알고 있었으므로 전혀 의미 없는 일이기도 했지만, 내게 충실할 수 없는 남자를 고른 사람은 나 자신이기도 했으니까. 그것으로 내 안의 어떤 부분이 편안해지고 압박감도 벗어던질 수 있었다. 평생 한 남자와 섹스를 해야 한다는 생각은 내게는 끔찍한 일이었다. 두려움이 섹스의 문제가 아니었음을 이제는 안다. 그것은 붙잡혀서, 결정이 되어 정해진 자리에 놓이는 일의 문제였다. 사랑이라는 진열대의 구석에 박히는 문제였다. 상품처럼 팔리는 사랑, 둘만의 사랑, 영원히 집 안에 아이들과 처박히는 것으로 완전히 끝나버리는 사랑의 문제였다. 고립과 교회와 통제를 목청껏 외치는 사랑. "네 것에만 마음을 쓰고 너와 관련된 사람들만 보살피라"라고 악을 쓰는 사랑. 계산해서 나눠주는 사랑과 규제되는 사랑과 금지된 사랑.

나는 두 사람이 서로 사랑하는 것에 반대하는 것이 아니라 단지 이 사랑을 가장 고귀한 사랑의 표현으로 격상하는 것에 반대하는 것임을 부디 이해해주기 바란다. 어떤 사람에게는 사랑이 다른 식으로 올 수도 있지 않은가. 동성의 친구를 그만큼 깊이 사랑하는 여성도 있을 수 있고 인류를 그만큼 깊이 사랑할 수도 있다. 사랑을 향한 요구를 전부 만족시키는 단 한 사람을 찾은 사람이 있다면 기꺼이 그들을 위해 기뻐해주겠다. 하지만 그건 나의 경우는 아니었다. 나는 한 여자나 한 남자를 사랑하지 않았다. 마찬가지로 나의 자식을 원하지도 않았다. 하지만 사랑은 했다. 그 에너지가 나로 하여금 세계를 돌아다니게 했다. 만나자마자 바로, 혹은 아주 짧은 시간에 사랑하게 된 사람도 있고 사랑하는 데 시간이 걸렸으나 그 사랑이 영원히 지속된 경우도 있다. 함께 잠자리를 하게 되었거나 함께 살게 된 남자들과의 사랑이 더 중요한 사랑이라고 말할 수는 없다. 그 사랑이 좀 더 짜이고 전면적인 방식으로 일상적인 차원에서 더 오래 지속된 것은 사실이다. 그건 좋은 것일 수도 있고 아닐 수도 있다. 사랑은 끊임없이 확장하는 것이므로 사랑에는 공간과 공기, 움직임과 자유가 필요하다. 나는 어떤 방식으로 사랑할지에 대해 합의를 하지 않았을 때 상대방을 훨씬 더 사랑하게 된다. 그건 크리스마스 선물을 꼭 사야 하는 상황과도 같다. 내가 아는 누군가를 떠오르게 하는 어떤 것을 봤을 때, 혹은 갑자기 사랑이 솟구쳐 오르고 선물로 그것을 표현하고 싶을 때 선물을 사는 게 훨씬 수월하다.

지금까지는 이것을 이야기하기가 두려웠고 나 자신도 인정하기 힘들었다. 이게 내가 사랑하는 방식이다. 그게 어디로 갈지는 나도 알 수 없다. 하지만 분명한 것은 내가 콩고와 부카부, 샤분다, 부냐키리, 고마의 여성들과 함께 있을 때 그것이 사랑임을 안다는 것이다. 잔과 알폰신, 알리사를 사랑하고, 크리스틴과 무퀘기를 사랑한다. 이마에 200파운드짜리 자루를 매고 걸어가는 에센스가의 여성들을 사랑한다. 도로변에서 숯과 물고기를 파는 여성들, 너무나 울긋불긋해서 아침을 불러오는 듯한, 빳빳하게 풀 먹인 파뉴^{pagne}*를

---

*   아프리카의 일부 지역에서 허리에 둘러 감아 짧은 치마처럼 입는 직사각형의 천.

입은 그 여성들을 사랑한다. 그들이 돌아다니고 소리를 지르고 슬퍼서 우는 모습을 사랑한다. 이것이 바로 큰 사랑, 궁극적인 사랑이다. 그것은 결혼이나 소유, 가지고 소비하는 일과는 아무 관계도 없다. 그들에게 모습을 보이고 잊지 않는 일, 약속을 지키는 일, 모든 것을 주면서도 아무것도 잃지 않는 일이다. 누구도 내 것일 수 없다. 무퀘기도 크리스틴도. 내가 사랑하는 어떤 여성도. 절대 내 것일 수 없을 것이다. 내 것이 될 사람들이 아니다. 세상은 이미 그런 일을 했다. 콩고를 소유해 약탈하고 지배하고, 그들로부터 주권과 그들 자신의 운명을 박탈했다. 그건 사랑이 아니다. 그건 소유이고 점령이다. 사랑은 그와는 다른 것, 생겨나서 주변으로 옮겨지는 놀라운 어떤 것이다. 스스로도 인식하지 못한다. 추이를 좇지 않는다. 서명해서 문서로 남기는 것이 아니다. 사랑은 무한하고 관대하고 감싸는 것이다. 사랑은 북소리에, 목소리에 있고, 음악과 춤과 서로에 의해 문득 온전해지는 상처받은 사람들의 몸에 있다.

엄마, 이제 가세요! 날아가세요!

루는 예전에는 우리 집에서 자고 간 적이 한 번도 없지만, 오늘 밤에는 자고 갈 것이다. 그건 어쩌면 내가 다섯번째 치료를 받느라 통증과 구역질, 서러움으로 힘들어하는데 제임스가 오늘은 나와 함께 있을 수가 없기 때문일 수도 있다. 아니면 이틀 전 루와 엄마와 함께 이야기를 나눴는데 엄마가 완전히 딴소리를 했기 때문일 수도 있다. 엄마의 중얼거림에 다정함이 섞이기는 했지만 딱히 우리에게 이야기를 한다고는 할 수 없었다. 엄마의 세상에는 다른 존재, 다른 영혼들이 자리를 차지하고 있었다. 전화를 끊었을 때, 암을 이겨내고 하나의 폐로 살아올 수 있던 엄마라도 이번에는 다시 제자리로 되돌려놓을 수 없을 것임을 우리는 감지했다. 어쩌면 루가 그날 나와 함께 밤을 보낸 것은 우리가 그것, 그러니까 가족이기 때문이어서일 수도 있다.

기분 좋은 깜짝쇼처럼 매요 클리닉에 불쑥 나타난 오빠 커티스는 오클라호마에 살았다. 오빠를 제대로 알았던 적이 없다. 아주 머리가 좋은, 정말로 천재라 할 만한 사람이었다. 내가 아는 그 누구보다 책을 많이 읽었고 아는 것도 많았다. 열일곱 살에 SATS 물리 시험에서 800점을 받았지만 물리 수업을 들은 적이 있는 것 같지는 않다. 그의 정신은 그러했고, 가학적인 아빠 밑에서 자라기에는 너무 예민했다.

루와 나는 한 침대에서 잤다. 손을 잡고 잠이 들었다. 5시에 전화가 울렸고 엄마가 돌아가셨다고 했다. 아직도 잠에서 덜 깬 상태로 우리는 침대에 앉아 울었지만, 잠깐이었고 억지로 그랬다는 느낌이 들었다. 엄마한테 전화해서 이야기하고 싶었다. 얼마나 이상한가. 다른 사람한테라도 전화를 하고 싶었다. 하지만 누구한테?

엄마의 시신은 화장터로 갔다. 엄마는 언제 어떻게 시신을 화장하고 재를 언제 어떻게 당신이 사랑하는 멕시코 만에 뿌려야 하는지 일목요연하게 적어놨다. 우리는 관여하지 않게 되어 있었다. 엄마는 장례식도 추도식도 원하지 않았다. 이 전통 아닌 전통은 아빠로부터 온 것이다. 아빠는 돌아가시면서 우리 모두에게 동강 난 슬픔을 남겼다. 아빠는 자신이 이 세상을 떠났음을 알리는 어떤 의식이나 모임도 금지했다. 아빠는 폐암으로 몇 달에 걸쳐 천천히 쇠약해졌지만, 엄마와 아빠는 아빠가 곧 돌아가실 것이라는 이야기를 내게 절대 하지 않았다. 아빠가 돌아가시고 난 이후에도 한참이 지나서야 엄마는 그 사실을 내게 말했다. 그때조차 내가 할 수 있는 일은 아무것도 없었다. 아빠가 돌아가셨다는 것을 확실히 하고 인정할 어떤 방법도 없었고, 슬픔이나 상실을 표현할 방법도, 앞으로의 일을 결정하기 위해 가족으로 함께 모일 방법도 없었다. 그것이 아빠가 보인 마지막 이기심이었다. 아빠는 사람들을 경멸했다. 누구든 그를 위해 슬퍼한다는 생각 자체를 비웃었다. 그런 일을 할 만큼 착하거나 똑똑한 사람이 누가 있다는 말이냐? 장례식이란 자기 자신을 위해서가 아니라 남아 있는 사람을 위한 것이라는 생각을 아빠는 전혀 할 수 없었다. 아빠가 돌아가신 후 플로리다의 부모님 아파트로 비행기를 타고 갔던 것이 기억난다. 몇 년 동안 부모님과 연락이라고는 하지 않은 상태였다. 아빠의 옷장에 들어가 하얀색 양탄자가 깔린 바닥에 앉아 한동안 있었던 기억이 난다. 아빠 스웨터와 셔츠와 재킷을 내려 그것들을 쥐고 있었다. 입어도 보았다. 냄새를 맡았다. 아빠 냄새. 달콤하고 비열하고 멋진. 그가 훌륭한 아빠이자 사랑 가득한 남편이었다는 신화를 가족이 이미 만들어낸 것을 알고 너무나 분개했던 기억이 난다.

거의 20년이 지난 지금에 와서야 아빠를 잃은 슬픔을 제대로 겪지 못했음을 깨닫는다. 거기 있었는데 갑자기 없는 것이었다. 그건 오히려 사람을 사라지게 하는 마술과 같아서 그것을 상실로 겪을 수가 없었다. 아빠는 나를 아주 예뻐했고 나와 근친상간을 범했고, 그다음에는 정기적으로 나를 죽이려 했던 사람이었다. 그러고는 사라졌다.

나를 부르지도, 손을 흔들거나 만져주지도 않은 채 아빠는 세상을 떠났다. 마지막 잔인함이었다. 아빠가 조종할 수 있는 마지막 일은 엄마가 세상을 하직하는 방식이었다. 아빠가 돌아가시고 한참이 지난 후에도 엄마는 여전히 아빠의 주문에 걸려 있었다. 엄마 주변을 계속 맴돌았던 것이다.

아빠가 나를 성적으로 학대했다고 엄마에게 말한 후, 어느 날 밤 엄마가 전화해서는 심히 걱정된다고 말했다. 당신이 다음 생에서 아빠를 만났는데 내 말을 믿었다고 화를 내기라도 하면 어떡하느냐고 물었다. 아빠가 배신감을 느낀다면 어떡하느냐고. 혹시라도 다음 생에서 아빠와 마주치면 나한테 보내라고 이야기했다.

"나한테 보내세요, 엄마."

그렇게 말했다.

"나한테 보내세요."

이 말에 엄마는 한동안 마음을 놓는 듯했으나 그 때문에 엄마 마음이 계속 시달린다는 느낌이 들었다.

엄마가 돌아가신 후 몇 주 동안 어떻게든 슬퍼할 방법을 찾아 여기저기 장례식장을 찾아다녔다. 친구 부모님의 장례식에 가서 그들의 슬픔에 몸을 던져봤다. 슬픈 영화도 봤다. 엄마가 돌아가셨을 때 만신창이가 된 친구들이 부러웠다. 어떤 느낌인지 이야기해달라고 하고는 받아 적었다. 뭔가 뭉텅 떨어져 나간 느낌을 받고 싶었다. 내가 느낀 건 그게 아니라 열망이었다. 슬픔을 향한 열망, 상실에 대한 열망, 모든 것이 내게 중요했으면 하는 열망. 아무 느낌이 없었다. 친구가 전화를 해서 어떻게 지내느냐고 물었을 때 이렇게 말했다.

"화학치료를 받은 지 엿새째라서 기운이 하나도 없고 배도 아프고, 그리고 엄마가 돌아가셨어."

정말 그렇게 단숨에 그렇게 이야기했다. 배가 아프고 엄마가 돌아가셨어. 아무 느낌도 없는 이 상태가 몇 주간 계속되었다. 루와 나는 보잘것없는 의식을 계획했지만 결국 이뤄지지 못했다. 루는 엄마의 재가 어떤 상태인지 보기 위해 이따금 화장장에 들렀다. 큰 배로 한꺼번에 싣고 바다로 나가기 위해 유골 단지가 몇 개 더 생기기를 기다리고 있다고 그들이 말해줬다. 엄마의 유골이 시렁 위에 혼자 덩그러니 놓여 있다고 상상했다. 창고 같은 곳에 놓여 있다고 상상했다. 잼 병처럼 유골 단지에 손으로 쓴 딱지가 붙어 있다고 상상했다. 종교와 관련된 어떤 사람이 함께 배를 타고 나가는지 궁금했다. 그러면 그 사람이 각각의 이름을 알기 위해 유골 단지에 붙은 딱지를 읽어볼지 궁금했다. 공중으로 재를 흩뿌릴 때(재가 자신의 얼굴과 머리에 날아들지 않도록 제대로 던지는 방법을 그들은 분명 알고 있을 것이다) 각각의 이름을 크게 불러주는지도 궁금했다.

'당신을 이제 보냅니다, 크리스. 당신이 사랑하는 멕시코 만의 바다로 당신을 돌려보냅니다. 당신이 그토록 사랑했던 돌고래와 게, 고래와 함께 편히 쉬도록 말입니다.'

몇 주가 지나고 어느 날, 그쪽에서 전화가 와서 아침에 엄마의 재를 뿌릴 것이라 했다.

　마지막으로 엄마와 함께 바닷가로 산책 나갔던 날 중 하루가 생각난다. 뼈와 가죽만 남아 아주 쇠약했지만, 밝은 흰색의 7부 바지에, 녹색 눈을 도드라지게 하는 청록색 셔츠를 입은 엄마는 그때에도 여전히 화려했다. 밀짚모자를 썼는데 자꾸 바람에 날려갔고 그때마다 내가 쫓아가서 잡았다. 바닷물이 우리 발을 씻으며 들어왔다 나갈 때 엄마는 내 팔을 꼭 붙들고 있었다. 발이 똑같이 생겼고, 심지어 발톱에 똑같이 빨간색 매니큐어를 바르고 있었다. 엄마는 내 팔을 끌어당겼는데, 나랑 같이 걸을 때 때때로 그랬다. 마치 나를 다른 방향으로 데리고 가려는 듯 말이다. 어쩌면 당신 자신이 항상 가고 싶었던 쪽으로, 다른 삶을 살 수도 있었을 곳으로, 가난에 대한 두려움이나 아빠 같은 존재로부터 안전하게 보호받아야 하는 절박한 요구가 자신의 삶을 결정하지 않는 그런 곳으로.
　아빠가 남동생과 여동생, 나, 엄마, 이렇게 네 명의 자식을 가졌다고 내 친구가 엄마에게 말한 적 있었다. 아빠가 우리 전부를 소유하고 좌지우지했던 것이다. 바닷가에서 했던 것처럼 내 팔을 잡아끄는 이 느낌을 나는 평생 느끼고 살았다. 표면적으로는 누가 구해주기를 바라지도 않고 기꺼이 그것에 따라가지도 않을 것처럼 보이지만, 사실은 당신을 구하기 위한 이 끌어당김. 말없이 수동적이기만 한 당신 내부의 것이 목소리를 내도록 하려는 이 끌어당김. 당신이 갖지 못했던 삶을 살기 위한 이 끌어당김. 이제 엄마는 재가 되었고 끌어당김도 사라졌다. 엄마의 유골 단지를 실은 배도 떠난다. 구름이 잔뜩 낀 날. 갈매기들이 시끄럽게 울며 선회한다. 파도가 일렁인다. 엄마는 내가 오기를 바라지 않았겠지만 나는 여기 있다. 바람에 재를 뿌린다. 잠시 멈추고 속으로 기도한다. 엄마, 이제 가세요. 제발, 가세요, 날아가세요, 날아가세요.

엄마가 돌아가신 지 약 한 달 후 마지막 화학치료 기간 중, 나는 작가와 가수, 마디그라 축제의 미녀, 배우, 사회복지사로 이뤄진 일단의 뛰어난 여성들이 쓴 〈상류로 헤엄치기〉라는 극의 공연을 위해 뉴올리언스에 갔다. 허리케인 카트리나 5주기라서 우리는 공연과 순회일정을 준비 중이었다. 그곳 여성들은 아주 친절했고, 화학치료 때문에 어지러울까 봐 앉아서 극을 감독하도록 아주 크고 푹신한 의자를 가져다줬다. 리허설 중에 미카엘라라는 뛰어난 가수이자 엄청나게 기운이 넘치는 여성이 나를 치유해줘도 되겠느냐고 물었다. 나에게 치유가 필요하다는 것이었다.

토스트와 함께 있었던 터라 그와 함께 뉴올리언스의 매력 넘치는 거리에 자리 잡은 미카엘라의 집으로 간다. 온화한 아침, 밝은 햇살이 커튼을 통해 들어온다. 미카엘라는 부엌에서 커다란 그릇에 이것저것을 섞으면서 준비하느라 분주하다. 힘든 화학치료에 계속 휘둘린 데다, 거추장스러운 주머니를 달고 세상 밖으로 나와 나 자신도 예측할 수 없는 알 수 없는 슬픔 때문에 무방비 상태에 놓인 느낌이라 신경이 곤두서고 불안하다. 미카엘라는 뭔가를 섞은 것에 예쁘게 보이라고 꽃을 넣고 단맛이 나도록 꿀을 넣은 뒤 내게 준다. 물에 든 것이 뭐냐고 묻는다. 그녀가 멕시코 만이라고 대답한다. 여성들이 하나씩 들어온다. 뉴올리언스의 심장이자 카트리나의 해리엇 터브먼*이라고 할 캐롤 B, 그 상처가 불길을 일으킨 카렌 카이, 온몸에서 목소리가 나오는 트로이, 그리고 우주로부터 영감을 받은 듯한 리듬으로 말을 하는 아살리. 미카엘라가 나를 무릎 위에 눕히자 그들과 토스트가 주위를 둘러싼다. 내 까까머리를 감싸 안고 노래를 부르기 시작한다. 나는 마침내 아기가 된다. 물로, 멕시코 만으로, 꽃과 꿀로 부드럽게 내 머리를 어루만지기 시작한다. 그렇게 머리를 씻기면서 노래하고 모두 따라 부른다. 바로 알아차릴 수 있는, 멋진 토스트의 목소리도 들린다. 미카엘라가 내 까까머리를 씻길 때 그 물이 우리가 가진 최고의 것과 최악의 것을 모두 지니고 있음을 깨닫는다.

탐욕, 구멍을 뚫고 폭파하는 무모함, 그리고 그 이전과 이후에 떠들어대는 모든 거짓말. 그것은 내가 열여섯 살에 T. S. 엘리엇의 「J. 알프레드 프루프록의 사랑 노래」를 읽으며 헤엄쳤던 만이었다. 부모님 모두 거기에서 돌아가셨고, 마지막 눈길이 바로 저 너머 수평선을 향했더랬다. 그것은 엄마와 나 사이의 만, 커다란 구멍이었다. 종족과 가족, 대륙과 색깔을 가르는 만. 내 머리를 씻어내고 미카엘라의 무릎으로 녹아내려, 문득 소금기 있는 내 눈물과 섞여버리는 만.

---

* 　노예해방운동을 실천한 인권운동가이자 남북전쟁 때 활동했던 스파이.

화학적 엄마를 빼내다

Deport: 외국 국적의 사람을 강제로 나라에서 나가게 하다. 자신의
나라에서 쫓아내거나 추방하다.

처음 포트를 내 몸에 끼웠을 때, 나를 추적하고 통제하기 위한
무슨 칩이나 신분 증명표, 표식을 내 몸에 심은 느낌이었다. 모든 종
류의 권위를 거부하며 인생의 대부분을 보낸 무정부주의자인 나로
서는 포트가 내게 얼마나 위안이 되었는지 놀라울 따름이었다. 그
건 나를 택솔과 카보플라틴, 조프란, 스테로이드, 주입 스위트룸과
연결해주는 탯줄이었다. 약이 너무 독해 머리가 빙빙 돌 때면 내 커
다란 의자에 기대앉아 루와 친구들이 주변을 둘러싸고 지켜보는 가
운데 깜빡 졸 수도 있었다. 포트 덕분에 나는 샤피라와 리자이나와
다이앤에게, 그리고 각자의 포트를 통해 가능할 수도 있는 치료의
강인 화학치료의 강에서 함께 연결되어 있는 다른 모든 환자에게

연결되어 있었다. 포트는 나를 안심시켰다. 나를 위해 일하고 있었으니까. 내가 할 일은 죽지 않고 버티면서, 그것을 참을 만한 것으로 변형시키기 위해 이 모든 것을 달리 상상할 방법을 찾는 것이었다. 시를 찾는 것이었다. 포트는 나에게 구역질을 일으키기보다는 내가 어떤 다른 생체공학적 존재인 듯한 느낌을 받게 했다. 병을 이기고 살 수 있는 능력을 주고 내 힘을 강화시켜 내가 초인인 듯한 느낌이 드는 것이었다. 화학치료가 힘을 줬다. 나의 화학적 엄마에게 연결된 것이다. 가끔씩 한밤중에 내가 정말 암에 걸렸고 모든 게 변했다는 사실이 너무나 무시무시하고도 생생하게 떠올라, 처음 콩고에서 밤을 보낼 때 콩고 여성들의 이야기가 내 몸 안으로 들어와 길을 잃고 헤맬 때처럼 헉하고 숨을 몇으며 잠에서 깨어날 때면, 부적을 찾듯이 포트를 더듬어 만지곤 했다. 내 살 바로 아래의 딱딱한 금속 덩어리. 그것을 애무하듯 만지며 나 자신을 진정시키곤 했다.

포트를 빼낼 때가 되자 간호사들은 기뻐하며 내게 와서, 최근 2년 동안 자신들이 포트를 삽입하고 또 제거한 사람이 내가 유일하다고 말한다. 내가 거의 총알을 피한 정도임을 나도 안다. 당연히, 루와 토스트가 함께 있다. 그들은 포트가 없어지는 게 매우 좋아서, 밖에서 기다리라고 간호사들이 단호히 말하지 않았다면 수술실에 나와 함께 있었을 것이다. 그들은 이 모두를 기꺼이 지나간 일로 여길 것임을 잘 안다. 나는 아직 그럴 준비가 되지 않았다. 화학치료를 통해 내가 암과 싸우기 위해 뭔가를 적극적으로 하고 있고, 나쁜 세포를 죽여 없애는 일에 나도 스스로 참여하고 있다고 느낄 수 있었다. 그리고 그렇게 할 수 있었던 것이 포트 덕분이었다. 포트가 없으면 다시 취약해진다. 좋은 세포인 척하면서 분열하고 침입하는 세포에 무방비가 되는 것이다. 포트는 화학약품이 내 안에 있다는 증거다. 택솔과 카보플라틴이 5시간 동안 가차 없이 내 몸속으로 주입되는 장소인 것이다.

이제 의사가 포트가 있는 자리를 마취하기 위해 주사를 찔러 넣고, 그게 꼬집는 듯이 아파 나는 간호사의 손을 잡는다. 의사가 내 살을 째는 것을 느낀다. 피가 흘러나오고 간호사가 꾹꾹 눌러 피를 닦는다. 포트를 들어 내 살에서 빼내자 허한 느낌이 한꺼번에 밀려온다. 마개가 뽑힌 것이다.

겁에 질린 채로 부들부들 떨면서 애써 옷을 입고, 내 몸속을 휩쓸고 지나가는 것을 토해내지 않고 참는다. 거리로 나서고 나서야 나는 새로운 생명을 몸 밖으로 밀어낼 때 엄마가 내는 소리와도 같은 신음을 내뱉는다. 엄마가 사라졌을 때의 소리와 같은 흐느낌을. 대지와 땅, 만지고 볼 수 있는 뭔가에 나를 이어줬던 탯줄. 이젠 떨어져 나갔다. 흐느낌, 암의 소리, 죽음과 갑작스러운 삶의 소리. 유니언 광장 한가운데에서의 흐느낌. 거의 서 있을 수가 없어, 루와 토스트가 나를 붙든다.

수: "'내가 죽을까?'라고 묻는 게 아니에요. 사랑 가득한 새로운

세상에서 새로운 자아가 무럭무럭 자라며 살아가기 위해 어떤 내가
죽어 없어져야 하는지 물어야 하는 거예요."

질로 살거나, 질로 죽거나

지금 막 관장을 했는데, 무슨 말도 안 되는 이유에서인지 바로 직후에 션에게 산부인과 검사를 받도록 일정이 짜여 있어서 그걸 재고해봐야 하지 않겠냐고 그에게 설명하려 애를 썼다. 나는 매요 클리닉에 다시 들어와서 주머니를 제거하는 복원 수술 전에 일련의 검사를 받고 있다. 몇 달간의 회복 과정을 거친 후, 복원된 직장과 결장이 이제 제대로 기능을 하고 있다고 그들이 믿었기 때문이다.

화학치료를 시작한 후 션을 본 것은 처음이다. 거의 1년이 지났지만 암이 재발하지 않았고, 그가 내 생명을 구해준 매요 클리닉 의료진의 한 사람이므로 그 영광을 함께 나누기를 원하리라 여긴다. 몸에서 흘러나오는 관장약 속에서 허우적대며 진찰대에서 자꾸 미끄러져 그에게 미안하다고 사과한다. 그게 정상이라고 그가 말하고, 나는 '누가 보기에?'라고 속으로 반문한다. 바보같이 과도하게 감격한 듯 보이려 애쓰는 중에 멍청한 말을 충동적으로 계속 내뱉는다.

"기분이 엄청 좋아요. 말끔히 없어진 느낌이 들어요. 난소암 수치가 4였어요."

그러고는 뉴욕의 의사들을 끄집어낸다.

"의사들 말로는 완전히 치료가 되었을 수 있대요."

치료라는 말을 하자마자, 그것이 바보 같은 말임을 깨닫는다. 치료? 뭐가 치료되었다는 말인가? 치료라는 말 자체가, 내가 암에 대해 이해하지 못하고 있음을 보여준다. 치료는 일종의 허풍, 의미도 없는 극단적인 말이자 당신을 별것 아닌 듯이 묵살해버리도록 만드는 단어다. 당신이 미국인이고, 그 우스꽝스러운 '무한한 어둠을 직면할 수 없는 무엇이든지' 할 수 있다는 태도를 지닌 멍청하게 낙관적인 사람임을 보여준다. 기적을 믿는다거나 본능을 따른다거나 직감을 믿는다고 말하는 것과 똑같다. 치료는 일반적으로 정신이 잘 훈련되어 있거나 지적인 사람에게는 모욕적인 단어다. 션이 말한다.

"아직 치료를 생각할 수는 없을 것 같아요, 이브. 거기까지는 아직 갈 길이 멀거든요. 좀 더 실제적으로 생각을 하는 게 좋을 것 같은데요."

그러고는 이렇게 덧붙인다.

"암이 재발하면 그건 질 쪽에서 재발할 거예요. 10퍼센트 정도 가능성이 있어요. 방사능 치료는 생각해봤나요? 질에 방사능 치료를 할 수 있는데요."

내 질에 방사능을 쐬다. 『버자이너 모놀로그』의 미래 속편에
나오는 인물 같다는 느낌이 든다. 내 질에 방사능을 쐬다. 방사능
콩bean인지, 구슬bead인지, 빛줄기beam인지를 내 질 안에 집어넣는다
는 이야기를 그에게 듣는다. 그것을 주입할 것이라고, 그가 차분하
고 신중하게, 또한 아무렇지도 않게 말한다. 콩인지 구슬인지를 내
질 안에 삽입할 거라고. 내 질에 방사능을 쐴 거라고.

내가 누군지 알기나 해요? 유머 감각이 있기라도 한 거예요? 그
러나 그보다도, 방금 재발한다면, 이라고 말했죠. 재발한다면. 내 미
래에 길고 굵은 핀을 막 꽂은 거예요. 말도 안 되는 감염과 7개월 간
의 화학치료, 터지고 또 터지던 주머니, 게다가 그게 이제 완전히 없
어졌다고 믿고, 또 믿어야 하는 내 상황을 완전히 지워버렸다고요.
당신 역시 내 암이 완전히 사라졌다고 믿어야 해요. 알겠어요? 그게
다시 돌아올 여지가 전혀 없도록 만들어줘야 한다고요. 콩으로든,
당신 머릿속에서든, 이야기 나눌 때도 말이에요. 그러니까 취소해
요. 그 말 취소하라고요. 내 질이 당신 말을 들었어요. 그러니까 그
런 이야기가 아니었다고 말해요. 그런 뜻이 아니었다고 말해요. 당
신은 내 의사잖아요. 내 망할 생명을 구해줬잖아요. 그래서 내가 당
신을 우러러본다고요. 내 몸을 붙들고 9시간이나. 엉망인 상태를 말
끔히 치우면서.

이제 와서 그렇게 내주지 마세요. 나를 버리지 마세요. 믿어요.
당신이 믿어야 해요. 오, 세상에. 나는 정말 멍청이야. 현실이라고
할 만한 것을 받아들이거나 인정하지 않으려는 모습이라니. 나쁜

소식은 참을 수가 없어. 인정해. 그게 정말 싫어. 실망은 참을 수 없이 싫다고. 약해빠진 거 맞는데, 그렇게 내버려둬. 문을 열기만 하면 다 끝장임을 안다. 그런 식으로 버텨온 것이다. 어쩌면 내 마음 깊숙한 곳에서 내가 완전히 자멸적이기 때문인지도 모른다. 어쨌든 싸워보지도 않고 쓰러지지는 않겠다고, 알았어?

나는 나쁜 일에서 좋은 것을 만들어낸다. 항상 그랬다. 그건 일종의 강박신경증과도 같다. 어쩌면 그것은 종국에는 인격상의 실패인지도 모른다. 완전히 비참하고 무자비한 존재의 상태를 마주할 수 없는.

내가 암에 걸렸다는 것을 안다. 그것도 아주 안 좋은, 여기저기의 절로 퍼져 나간 암. 3단계, 거의 3B단계, 어쩌면 4단계. 4단계일 가능성이 많은. 다 안다. 그 망할 비율도 안다.

하지만 이제는 없어졌다. 알겠어? 없어졌다고. 그래야만 해, 왜냐하면 그게 나니까. 이 배는 가라앉지 않을 거야, 나는 인간이니까. 네가 아무리 두드려대도 나를 파멸시키지 못해, 나는 인간이니까. 우리가 하는 것은 모두 살아남기 위한 것이다. 냉소주의. 낙관주의. 둘 다 힘이 드는 일이다.

믿지 않으려면 꾹 참고 버텨야 한다.

비아냥거리는 능력을 계속 증가시켜야 한다.

쓰라린 것에서 재미를 찾고 믿음을 가진 사람을 굉장히 의심스럽게 봐야 한다.

내가 세상을 보지 못하는 것이 아니다. 부정하는 것도 아니다. 아니, 나는 진정으로 세상을 바라본다. 그러고는 그것이 다른 것일 수 있도록 무진장 노력하는 것이다.

나중에 션이 친절하게도, 그 자신은 딜도^{dildo}라고 부르지 않는, 여러 크기의 어떤 플라스틱 물건을 줬다. 도움이 될 거라고 하면서. 내가 다시 섹스를 하리라 그가 상상한다는 것에 기분이 좋다. 나도 모르게 단지 호기심에서, 콩인지 구슬인지 빛줄기인지를 질에 쐬면 어떤 부작용이 생길 수 있느냐고 그에게 묻는다. 그가 사무적인 말투로 말한다.

"글쎄요, 안 좋은 결과가 생길 수 있어요. 질이 좁아진다거나, 그러면 섹스는 더 이상 할 수 없게 되죠. 방광이 완전히 망가진다거나 설사가 아주 심하게 일어난다거나."

무의식적으로 남근 모양의 도우미를 손아귀에 움켜쥐며 장점과 단점을 저울질한다. 삽입을 통한 섹스를 더 이상 할 수 없다는 것과 10퍼센트의 가능성……. 하지만 방광이 망가지고 설사가 심하게 생기고……. 이런 망할!

신디를 위해 방귀 뀌기

조용하게 내 주변에서 왔다 갔다 하면 마치 내 장 운동에 도움이라도 될 것처럼 토스트와 루가 내 침대를 빙빙 돈다. 장치를 제거했고 주머니도 사라졌다. 이제 모든 것은 내 장에, 내 장을 통제하고 내 뜻대로 움직일 수 있는지에 달렸다. 나는 방귀 병동, 혹은 결장 수술 후 병동, 혹은 주머니 제거 후 병동에 있다. 거기에서 우리는, 한 무리의 우리는 방귀를 뀌고 똥을 누기를 기다리고 있다.

복도에서 그들을 만났다. 회사 이사직에 있는 비만의 중년 남자와 그를 뒤따르는 지쳐빠진 부인, 그리고 금발머리에 진한 화장을 한 풍만하고 나이 지긋한 여성과 그 향수 냄새를 맡으며 그녀를 따라가는, 그보다 어린 빼빼 마른 남자. 우리는 한 무리를 이뤄 걷고 또 걸었다. 걸으면 방귀를 뀌고 똥을 누는 데 도움이 된다고 했기 때문에. 여전히 자리보전한 채 병실에 있는 사람도 봤고 병실을 떠나 집으로 가는 사람도 봤다. 똥을 누고는 말끔히 세상 밖으로 다시 나가는 사람들도.

똥을 못 눈다거나 방귀를 뀔 수 없다는 건 무시무시한 일이다. 똥 폐소공포증. 내 몸 안의 모든 게 꽉 막혀서 밖으로 나올 방도가 없고 종국에는 터져버리고 말 거라는. 솔직히 무서웠다. 수술이 실패했을까 봐 무서웠다. 아무것도 제대로 안 되어서 다시 주머니를 차게 될까 봐.

루와 토스트도 두려워하고 있음을 알 수 있었다. 방귀 경계경보가 내린 것 같았다. 그들은 아침마다 잔뜩 기대를 가지고 왔고, 나는 고개를 절레절레 흔들었다. 방귀 못 뀜. 요만큼의 바람도 새지 않았음. 너무 오래 지연되고 있었다.

그러자 방귀 산파라고 할 신디를 내게 보냈다. 그녀는 방마다 돌아다녔다. 몸집이 크고 힘이 센 데다 아주 단호했다. 처음 왔을 때 내게 이렇게 말했다.

"방귀는 내 귀에는 음악 같아요. 나는 방귀가 아주 반갑답니다. 그래서 내가 온 거예요. 부끄러워할 것 없어요. 방귀를 뀌어봐요."

사람들이 아프리카나 파리에서 이런 이야기를 하는 것을 상상해보려 했다. 정말 미국적이지 않은가. 불쌍하고 피로한 당신의 방귀를 내게 뀌어주세요. 신디는 온갖 자세와 기술을 알았고, 어디를 어떻게 누르고 잡아당겨야 하는지 알았다. 정말 재주를 타고났음을 알 수 있었지만, 좁은 수제 직장이 딸려 길이 바뀐 나의 결장은 아무 반응이 없었다. 방귀 안마사인 신디는 매일 오후 3시에 왔다. 그녀의 삶을 상상해보려 했다. 방귀 나오게 하기. 결장이 편안히 이완되고 새로 만든 몸의 긴장이 풀리는 정확한 장소와 순간을 찾아내기. 솔직히 처음으로 약간의 가스가 몸에서 새어나오게 된 것이 신디를 기쁘게 해주기 위해서였다고 생각한다. 신디가 네번째로 찾아온 날이었고 낙담해 있음을 알 수 있었다. 자신의 일을 진지하게 생각했으니까.

신디는 자원봉사자였다. 방귀 일에 대한 보수도 받지 않는다는 사실 때문에 그녀를 기쁘게 해줘야 할 필요가 더욱 커졌다. 내가 인간에 대한 믿음을 여전히 지닐 수 있었다면 그건 위대한 발명가나 예언자적 시인 때문도 아니고 뇌수술 전문의나 심지어 간디 같은 인물 때문도 아니다. 그것은 신디 같은 이들, 매일 아침 일어나 가족의 식사를 챙겨주거나 병약한 부모님을 돌봐준 뒤, 눈 덮인 시골길이나 매연 가득한 고속도로를 달려 병원이나 요양원, 정신병원, 고아원 등을 찾는, 눈에 띄지 않고 조용한, 보통 보수가 전혀 없거나 형편없는 보수를 받는 신디들이다. 보통 인정도 못 받는 채 그들은 가난한 이, 잘난 이, 누추한 이, 병든 이, 타락한 이를 돌보는 것이다. 베벌리 힐스의 고독한 저택과 응급 병동, 유방 조영술 병원과 주입 스위트룸에 보이지 않는 돌봄의 거미줄을 짜는 것이다.

신디가 나를 조심스럽게 돌려 누일 때, 그녀와 마찬가지로 나에게 사랑을 믿게 했던 모든 사람, 내가 어린 시절을 견디고 살아낼 수 있도록 도와준 유모와 베이비시터를 생각했다. 부카부의 판지 병원에 갔을 때 처음 만난 에스더. 그녀의 공식 지위가 무엇이었는지 모르지만 그녀는 상처받은 사람들의 엄마였다. 한때 병원에는 강간당했거나 심리적 외상에 시달리는 여성, 수술을 기다리거나 수술에서 회복 중인 여성이 약 200명 정도 있었다. 에스더는 모두의 이름뿐 아니라 아이들 이름, 고열이나 두드러기가 생기는 이유가 무엇인지 다 알았고, 모두의 사정을 세세히 다 알았다. 그들의 이야기를 재구성해 노래를 짓기도 했다. 매일 밤 살아남은 사람들과 춤추고 게임했다. 낙담한 사람들에게 자신의 기운을 불어넣었고 그렇게 그들은 매일 강해졌다. 태풍 카트리나가 덮친 이후 자기 교회를 구해 거기서 집 잃은 사람들에게 검보 수프를 먹인 미스 팻과, 매요 클리닉의 다이앤과 리자이나, 간호사들을 생각했다.

내가 누워 있는 동안 신디는 열심히 땀을 내고 있었다. 부드럽게 계속 내 아랫배를 주무르고 있었다. 세상이 제대로 된다면, 명예를 얻고 가장 많은 보수를 받을 사람은 신디처럼 보수도 없이 일하고 이름도 없는 사람일 것이고, 그들이 큰 식탁에 자리를 잡을 것이다. 세상이 제대로 된다면, 우리가 만나면서 소중히 보듬을 사람이 지금은 눈에 띄지 않는 이일 것이다. 눈을 뜨고 신디의 얼굴을 보니, 그녀는 오직 내가 낫도록 도와주기 위해 여기 있음을 알겠다. 어떤 다른 이유도, 현안도 없는 것이다. 얼마나 집중을 하고 또 얼마나 친절한지 그 모습에 문득 정말로 목이 메어 정신이 팔려 있는데 갑자기 난데없이 작은 뿡 소리가, 정말이지 방귀라고 할 것이 터져 나오는 것이었다.

그것은 예감이 아니었다

매요 클리닉을 떠나던 날 아침, 대변을 보는 것에는 아직 한참 멀었고 방귀도 가짜 같은 것이 믿을 만하지 못했다. 배가 너무 고팠는데, 음식과 관련된 주의사항은 누구에게도 듣지 못했다. 나와 토스트와 루는 방귀 병동을 벗어나 식당의 야외 테이블에 앉아 햇살을 만끽하게 되자 무척 기분이 좋아져 특선(특선이라는 것에는 뭔가 있어 보였으니까) 달걀 요리와 팬케이크를 주문했다. 딱 중·서부에서 보통 하는 일이라는 느낌이었다. 음식을 거의 다 먹었을 뿐 아니라 빨리 먹기도 했다. 원래 계획은 대변을 볼 때까지 매리어트 호텔에서 며칠 머문 후에 뉴욕으로 돌아가는 것이었다. 나는 특선 요리를 먹은 후 토스트와 루와 헤어져 침대로 기어들어갔다.

속이 약간 메슥거렸다. 자다가 일어나 바닥을 겨우 기어가 쓰레기통에 게워내기 시작했다. 잘생긴 의사가 만들어준 직장과 이제 다 아문 결장의 길을 따라, 뒤집어놓은 스토마와 함께 장치를 제거한 이후 생겨나게 되어 있던 것은 어느 것도 일어나지 않았다. 몸이 예전에 하던 일을 다시 익히려면 시간이 필요하다고 간호사가 누누이 말해줬다. 그러나 내 몸은 격렬하게 퇴행하기 시작했다. 너무 심하게 간섭하고 재배치하고 제거하고 뒤집고 구멍 뚫고 재구성했던 것이다. 메이플 시럽에 전 죽은 동물 사체처럼 팬케이크가 내 몸을 휘어잡기 시작했다. 주머니가 그리웠다. 스토마가 필요했다. 내 몸은 저 혼자 알아서 배설하는 법을 잊은 듯했다. 나는 중독 상태가 되며 내부에서 파열하기 시작했다. 게우고 또 게웠다. 멈출 수 없었다. 마치 팬케이크보다 더 깊숙이에 있는 뭔가가 빠져나오려는 것 같았다. 구역질 억제제는 몽땅 먹어봤지만, 그 무엇도 모든 걸 씻어내는 구역질과 구토, 혈관과 세포를 씻어 내리며 흐르는 핏빛 분노의 바다를 멈출 수 없었다. 그것이 사흘 동안 계속되었다. 구토로 온몸이 아팠다. 내게 마리놀과 화학제제 대마초를 줬는데, 그 때문에 쓰라리고 극도로 우울해졌다. 게다가 구토할 때 금붕어와 1센트짜리 동전, 분필 등을 토해내는 듯한 환각에 시달렸지만 구토는 멈추지 않았다. 나는 있지도 않은 것을 토해냈다. 내장 내벽과 장기 내부와 심장을, 눈의 각막과 끔찍한 생각들을 토해냈다.

　의사들이 와서 작은 소리로 소곤거리고 간호사들이 나를 붙들기도 하고 더러운 것을 치우기도 하며 침대 곁에 서 있는 동안에도 구토는 계속되었다. 토스트와 루는 몸을 옹송그리며 붙어 있거나 주변을 왔다 갔다 하거나 나와 함께 몸을 흔들어댔다. 나는 죽을 만치 게워내고 있었다. 몸 자체가 튀어나오는 것 같았다. 게워내고, 쫓아내고, 튀어나오고. 이걸 빼내, 밖으로 빼내. 나와야 할 것이 있었다. 지난 7개월간의 여정이 결국 나를 여기로 이끈 건지도 몰랐다. 어떤 느낌, 기억, 하나의 상으로. 내 몸의 여정을 통해, 장기와 암을 들어냄으로써, 감염 때문에 몸이 여위고 세포를 적출함으로써, 그리고 이제 며칠을 게워냄으로써, 덤불이 우거졌던 내면이 깨끗해지면서 그 무시무시한 것을 가리거나 숨기는 건 아무것도 없었다. 맨처음 시작한 자리에 있었다. 더 이상은 이 세상에 있기가 싫었던 그때, 정신세계를 산산조각 냈던 것을 두 눈으로 목격했던 그때로 돌아가 있었다.

부카부의 검사실에서 안젤리크가 자신의 이야기를 들려주다가 갑자기 감정이 격해지면서 바닥을, 땅바닥을 기더니, 가상의 군인을 밀치고 입을 손으로 막고는 머리를 돌린다. 임신한 자신의 소중한 친구의 자궁을 군인이 칼로 베어 쩍 벌리자 모습도 제대로 못 갖춘 태아가 거기서 떨어져 나오는 것을 다시 두 눈으로 보면서 비명을 지른다. 빛도 공기도 세균도, 군복을 입은 시끄러운 강간범들도 맞을 준비가 안 된 태아. 탯줄이 여전히 매달려 있는데, 콩고의 땅 위로 온통 피를 흘리는 엄마에게 매달려 있는데, 여자들이 보는 앞에서 군인들이 탯줄을 잘라 무슨 공처럼 공중으로 던져버린 그 태아의 엄마. 아직 제대로 자라지도 못해 고통을 느낄 수도 없고, 크게 울거나 비명을 지르지도 못하는 태아. 이미 자신들의 아기들은 빼앗겨 살해당하거나 목이 졸려 죽었거나 숲 속에 던져진 그 여자들 앞에서. 군인들이 물이 끓는 냄비에 태아를 던져넣고, 그 안에서 끓는 살을 한 명이 쿡쿡 찌르더니 칼로 찌른 채 냄비에서 꺼내 여성들에게 들이민다. 그들의 입이 타들어간다. 이걸 안 먹으면 죽는다. 안 먹으면 머리를 날려버린다. 그 일이 다시 떠오르는 와중에 안젤리크는 땅바닥에 침을 뱉고, 목이 막혀 컥컥대고 허둥지둥 기어 다니며 어떻게든 그 끔찍스러운 맛을 입에서 없애버리려 다시 기를 쓴다.

세상에서 걸어 나온 것이 여기에서였다. 여기 숲 속, 그 방의 바닥, 여자들이 빌면서 비명을 지르던 흙바닥, 기어 다니면서 울부짖던 흙바닥에서. 여기서 나가겠다고, 떠나겠다고, 완전히 이곳을 뜨겠다고 결심했다. 여기 나른한 정지된 구역에서 나는 이제 떠날 때라고 내 몸에게 말했다. 그것은 내가 생각했던 것처럼 예감은 아니었다. 사실은 갈망이었고 내가 내린 결정이었다. 수세기의 억압과 부당함이 정신병적인 무감각과 분노의 무리로 전이된 마당에 내가 어떻게 살 수 있겠는가? 인간성에 대한 믿음은 사라지고 사산된 태아들만 기억에 남은 채 어떻게 살 수 있겠는가? 이제 호텔 방에서 게워내고 게워내면서 죽음만이 유일한 위안임을 나는 알 수 있었다. 나는 몰래 그리고 조용히 그쪽으로 향하고 있었던 것이다.

일찍이 어렸을 때부터 세상에 기여하겠다고 결심했다. 그러나 안젤리크가 바닥에 엎어져 기던 그날, 나의 의지와 상상력은 완전히 무너졌다. 인간이 그 정도의 짓까지 할 수 있는 거라면, 강대국이 대리 민병대를 보내 자기들의 명령을 따르게 하고 콩고의 광물을 훔칠 수 있는 거라면, 국제사회가 13년 동안 그 일을 모른 체하는 동안 여성 수십만 명이 강간당하고 고문당하고 아기들이 끓는 냄비에 집어 던져질 수 있는 거라면, 그렇다면 우리는 모두, 한 사람도 빠짐없이 공범이며 가망 없는 파산 상태에 놓인 것이다. 나는 이 구멍으로, 세상에 생긴 이 누공으로 추락했다.

암은 기본적으로 우리의 DNA에 자리 잡는다. 생물학적·심리학적으로, 원래의 도안에 프로그래밍이 된 자기 파괴다. 우리는 대부분 의식적으로든 무의식적으로든 우리 자신을 상하게 하면서 살아간다. 수원水源 가까이의 단층선에 원자력 발전소를 세우는 것을 생각해보라. 우리를 먹이는 지구와 우리가 숨 쉬는 공기를 오염시키는 건 어떤가. 담배와 마약. 노년에 우리를 돌봐줄 우리의 아이들을 학대하는 것을, 자신의 몸 안에 미래를 지니고 있는 여성을 대량으로 강간하는 것을 생각해보라. 어떤 특정한 몸을 만들기 위해 지나치게 먹거나 일부러 굶주리는 것을, 에이즈의 시대에 피임하지도 않고 섹스를 하는 것을 생각해보라. 우리는 자기 박멸로 달려 나가는 자살적 무리다. 그리고 이제 내 코를 지나, 목 아래로, 내장으로 관을 집어넣는다. 내가 스스로 독을 먹기라도 한 듯이.

이 와중에 뎁이 걸어 들어왔다.

나는 마치 꿈에서 깨어나기라도 한 듯, 벌떡 일어나 앉아 그녀의 팔을 세게 잡았다. 그리고 관으로 꽉 막힌 코와 입으로 나도 모르게 악을 쓰듯 소리 질렀다.

"살고 싶어요, 뎁. 살고 싶다고. 죽기 싫어."

믿음의 벼랑 끝에서

인공물을 떼어내고 주머니를 없앤 지 3주가 지난 후 콩고로 되돌아
간다. 그냥 억제할 수가 없다. 콩고 여성들이 필요하다. 재스민과 히
비스커스, 밤에 울부짖는 개들, 미친 듯 쏟아지는 비, 때로 달까지
푸르게 보이게 하는, 대양이라고 할 만한 호수가 필요하다. 주변을
둘러싸며 마음을 가라앉히는 남南키부의 더위가 필요하다. 분꽃과
의 덩굴성 관목인 부겐빌레아와 키 큰 나무에 핀 형광색 오렌지 꽃
이 필요하다. 불룩한 망고와 아보카도가 필요하다. 시끌벅적한 금
화조와 벌새, 참새 소리에, 고래로부터 있었던 아침 새들이 재잘대
는 합창 소리에 눈을 떠야 하는 것이다. 멀리에서 들리는, 축하를 하
거나 슬픔을 달래기 위해 남성들과 여성들이 북소리에 맞춰 부르는
주문과 같은 노랫소리가 필요하다.

　매요 클리닉의 션과 뎁이 함께 왔다. 내 자궁을 들어냈고 누공을
발견했던 션은 놀랍고 기쁘게도 같이 콩고에 가서 판지 병원의 여

성들을 수술해주겠다고 했고, 뎁은 그 일을 함께 논의하면서 돕겠다고 했다. 엄청난 양의 의료기기를 가지고 왔다. 그들은 사랑과 치유의 수행원이다. 까까머리에 몸무게가 20파운드나 빠져서 돌아간다. 그곳 여성들은 나를 보고 어쩔 줄을 모른다. 머리카락 한 올 없는 머리가 갑자기 말도 안 되는 특권처럼 느껴진다. 온갖 관심과 돌봄을 받으니까. 나를 살리기 위해 얼마나 많은 돈(보험)과 의료기기, 치료사, 외과의, 간호사, 약품이 들어갔는지를 생각하면 당황스럽기까지 하다.

나를 위해 줄곧 기도했던 여성들이 있었다. 환희의 도시를 건설해온 여성들은 나를 보고는 비가 쏟아지는 진흙탕 속에서 춤춘다. 나도 같이 춤춘다. 환희의 도시는 아직 완공되지 않았다.

마마 C는 진이 빠진 상태였고, 우리는 함께 있었던 시간을 대부분 분노하고 걱정하는 데 보냈다. 하지만 좋게 말해서 도로라고 부를 만한 길 위로 차를 몰고 가며 리오나 루이스가 부르는 쾅쾅 울려대는 비극적 사랑 노래를 따라 부르며 웃기도 많이 웃었다.

모두 잠자리에 든 어느 날 밤, 션과 이야기하게 되었다. 밤공기가 아주 편안해 그럴 용기가 났던 것 같다. 션은 내 생명을 구해준 사람이다. 그러면서 또한 그 단도직입적인 태도로 내게 겁을 줬던 사람이기도 하다. 악의가 있었던 것은 전혀 아니고 그저 내게 가능한 선택권을 알려줌으로써 자신이 할 일을 했을 뿐이라고 해명한다. 우리 각자의 다양한 싸움에서 우리 각자가 얼마나 상처를 받아왔는지 알겠다. 그는 암의 전선에서 싸우고 나는 성폭력의 전선에서 싸우고. 그는 최악의 상황에 대비함으로써 자신을 보호하고, 나는 최악의 것에 조금의 자리도 내어주지 않음으로써 나 자신을 보호한다. 내가 살 수 있을 것임을 스스로도 믿었다면 어떠했겠냐고 션에게 묻는다. 그가 말한다.

"나는 의사예요. 그건 과학의 문제죠."

그래도 계속 다그친다. 결국 그가 말한다.

"솔직히 말하죠, 이브. 나도 내가 왜 이렇게 냉소적인지 모르겠어요. 아마 지금까지의 모든 암, 재발, 내가 구할 수 없었던 사람들 때문이겠죠."

그의 슬픔이 내 가슴을 파고든다. 그는 내내 자신이 실패했다고 생각하는 것이다. 자신이 보장할 수 없는 것을 약속함으로써 실망시키고 싶지 않은 것이다.

"보장이란 건 없어요, 션. 하지만 나는 다가올 종말을 예상하며 쪼그라드느니 차라리 말도 안 되는 믿음의 벼랑 끝에서 살겠어요. 그리고 지금이야말로."

연이어 내가 말한다.

"당신이 의사로서의 벼랑에서 뛰어내려 나와 함께 믿어주기를 바라요."

갑자기 일곱 살 때로 돌아가버린 것 같다. 션은 다섯 살 정도다. 우리는 집 뒷마당에 있는, 내가 가장 좋아하는 수양버들 아래 있다. 그에게 눈을 감으면, 정말로 꼭 감으면, 마법 요정들을 볼 수 있을 거라고 말한다. 그가 절망적인 목소리로 말한다.

"무슨 점 같은 것밖에 안 보여."

"눈을 더 꼭 감아, 션."

내가 말한다.

"정말 꼭 감으면 볼 수 있을 거야."

의식을 치르다

판지 병원의 상처받은 자들의 엄마 에스더를 만나러 간다. 살아남은 여성 수백 명과 더불어, 함께 우리의 의식을 치른다. 숨을 쉬고, 비명을 지르고, 발로 차고, 주먹으로 치고, 그리고 모든 것을 풀어내면, 미친 듯 북이 울리고 우리는 춤을 춘다. 포트를 빼는 시술과 화학치료로 나는 아직 허약하지만 그렇다고 춤을 안 출 수는 없다.

춤추는 동안 장을 내 뜻대로 억제할 수 없지만, 처음으로 그것에 신경 쓰지 않는다. 예전에 내가 이곳 여성들과 함께 있을 때, 그들이 누공 때문에 오줌을 질질 흘릴 때, 나는 그저 어떤 느낌일지 상상만 했을 뿐이었다. 그러나 이제 우리는 북을 두들기고, 발로 차고, 분노로 길길이 뛰며 오줌을 질질 흘리는 한 무리의 걷잡을 수 없는 여성들이다.

그녀는 살 것이다

무퀘기와 나는 종종 그가 가장 좋아하는 곳을 찾아간다. 부카부 전체가 내려다보이는 언덕 꼭대기에 갔다. 거기에는 풀이 무성한 들판을 뱀처럼 꾸불꾸불 가르는 좁고 잘 다져진 길이 있다. 공기는 부드럽고 대지는 생명을 잉태하고 있다. 저녁나절의 불빛이 에메랄드빛 나무 사이를 비집고 들어와 소나무 잎과 덤불이 두껍게 깔린 푹신한 바닥에 떨어지는, 판지 병원 뒤편의 숲 속도 걸었다. 판지 마을의 뒤쪽 길을 쭉 걸어 강 아래까지 몇 시간이고 걷기도 했다.

어디를 가든, 무퀘기는 걸음을 멈추고 악수하거나, 치료법을 알려주거나 마음을 달래주곤 한다. 그는 시장이자 목자, 의사이자 치유사다. 사람들 이름을 거의 다 알고, 그들이 어디가 아픈지, 어떤 사연이 있는지, 어떤 치료를 받았는지도 알고 있다. 무퀘기는 나의 아빠에 대한 해독제다. 겸손하고 조용하고, 주의 깊고 꼼꼼하다. 사람들 말을 잘 들어준다. 커다랗고 능력 있는, 부드러우면서도 강한 손에서 그의 사연을 읽을 수 있다. 때로 그가 목격하고 겪은 일이 너무나 무지막지하고 엄청나서 우리 사이에 침묵이 장막처럼 내려앉아 한참을 지속되기도 한다.

오늘은 4시간을 차를 타고 달려 그의 아빠의 고향인 카지바로 간다. 먼지 날리는 작은 마을을 가로질러, 풀 뜯는 염소와, 밝은 색깔의 파뉴를 입고 반딧불이처럼 길을 온통 밝히고 있는 여성들을 지나쳐 바람 부는 길 위를 달려간다. 내가 정말 괜찮은지, 과연 살 수 있을 것인지 알아내려는 듯 이따금 무퀘기가 나를 쳐다보는 것을 눈치챈다.

처음 그를 만나고 처음 암 진단을 받은 지 7개월이 지났다. 나는 장기와 엄마를 잃었고 그는 지난달에 아빠를 잃었다. 우리는 그의 아빠가 묻힌, 아빠 집의 작은 뒷마당에 도착했다. 무덤을 나타내는 표시가 새것이다. 콩고에는 죽음이 너무나 많이 있다. 그의 관 위로 흙을 퍼서 던졌을 거라는 생각이 문득 든다. 나도 어느 순간이든 그렇게 땅속에 묻힐 수 있으리라. 그러면 나는 어디 묻힐지, 묻히기나 할지 문득 궁금해진다. 돌아갈 고향이 있으면 좋겠다는 생각이 든다. 보부아르와 사르트르가 묻혀 있는 파리의 몽파르나스 묘지에 한 자리를 가끔 꿈꾸기도 했는데, 지금 무퀘기의 아빠가 묻힌 뒷마당에 서 있으니 그런 생각이 무척이나 허영처럼 느껴진다. 바라는 바가 있다면 내 시신을 바다로 가지고 가서 가만히 파도 안에 내려놓아 상어와 고래와 다른 물고기가 내 몸을 먹게 하는 것이다. 물속에 남겨진다는 생각이 내게는 아무렇지도 않다. '죽음이라는 것'을 가지게 된 것이지만, 그것이 이전처럼 무섭지만은 않다. 이미 너무 가까이에 갔기 때문에, 가까움은 죽음과의 관계를 바꿔놓았고, 지금 살아 있음에 대한 감사가 새로운 보호막이 되어준다. 이런 생각에 빠져 있는데 무퀘기가 조용하지만 단호한 말투로 말한다.

"할 말이 있어요. 아시겠지만, 아빠는 목사셨어요."

그가 말한다.

"그래서 남들이 모르는 것도 아셨죠. 2000년에 가족들을 찾아와서 이렇게 말하셨어요. '지금부터 10년 후인 2010년 10월 7일, 나는 이 세상을 뜰 것이다. 하나님에게 전갈을 받았어.' 10년 동안 10월 7일이 되면 우리 가족은 모여서 그가 돌아가신 날을 축하했어요. 정말로 10월 7일에 돌아가셨죠. 당신의 마지막 수술 때 돌아가신 게 참 묘한 일이죠. 하지만 우리 관계에는 묘한 것이 아주 많아요. 당신이 병에 걸렸다는 이야기를 들었을 때 몹시 우울했어요. 우리를 도와주러 당신이 왔는데 하나님이 당신을 데려간다는 게 이해되지 않았죠. 정말 심란하고 상태가 안 좋았어요. 내 상태가 안 좋다는 걸 아빠가 알아채셨죠. 믿음이 흔들리고 있었으니까요. 아빠가 오셔서 이렇게 말하셨어요. '데니스, 내 말 들어봐. 네 친구 이브가 아프다. 이브가 아주 힘든 시간을 견뎌야 하겠지만 죽지는 않을 거야. 암은 사라지고 괜찮아질 거다. 걱정할 필요 없어. 신이 이브를 보호하시니까.'"

무퀘기가 말한다.

"아빠 말씀을 완전히 믿지는 않았는데, 당신을 보니까 당신이 얼마나 강한지 알겠고, 아빠 말씀이 옳았다는 것도 알겠어요."

7개월 만에 처음으로 내 안에서 뭔가 빗장이 풀리듯 열리며 미래가 감지된다. 녹아내리는 듯한 푸른 시골길을 다시 달려 부카부로 돌아오는 길에, 우리를 앞으로 힘차게 밀어내는 것이 지프차인지 새로 태어난 내 믿음인지는 정확히 알 수 없다.

정신과 의사, 수의 편지

수: "고요하게 눈이 내려 쌓이는 창밖을 바라보며 당신이 글 쓰는 걸 상상해요. 당신의 마음과 창조력이 안전하게 보살핌을 받으며 뻗어나가는 것을.

우리 사이의 끈끈한 유대를 소중히 생각해요, 항상. 그리고 당신의 기쁨이 얼마나 자라났는지, 그것이 이제 당신의 일을 뒷받침할 얼마나 커다란 힘이 될지 알 수 있어요. 암이 이렇게 당신을 변화시켰다니 놀랍지 않아요?

모든 사람이 스스로 내면화했거나 혹은 자신의 영혼이 너무나 상처 입어서 일부러 보여주는, 자신─아닌 투사된 악함을 어떤 식으로든 깨끗이 없애버릴 수 있다면 정말 놀랍지 않겠어요?

모든 사람이 자신의 선함에 전심할 때 생겨나는 기쁨을 찾게 되면 정말 놀랍지 않겠어요? 우리 자신을 여러 형태의 악성종양으로 분할하는 일을 그만둘 수 있을 거예요."

여기에 환희가 있을 것이다

머리카락이 약간 자랐다. 특별한 콩고식의 짧은 치마와 기하학적 문양의 상의를 걸친 몸은 야위었다. 백인이고픈 가련한 아프리카인처럼 보이지 않을 정도로 서구적이지만, 콩고인으로 보일 만큼 경건하기도 하다. 아주 다채롭다. 전부 검은색으로는 입지 않으려고 애쓴다.

나는 무퀘기, 마마 C와 함께 현관에 서서 환희의 도시의 개관식을 보러 오는 손님 수천 명에게 인사한다. 콩고 전역과 세계 각국에서 온 고위 관리, 정부와 유엔의 공직자, 남키부의 지사, 외교관과 그 부인. 기금을 준 사람과 유명 배우, 그리고 내 사랑하는 친구들인 팻과 캐롤, 라다, 나오미, 아비, 캐서린, 스티븐도 있고, 브이데이의 내 팀과 훌륭한 고문단도 있다.

폴라는 사진을 찍고 토스트도 여기 있다. 목사와 의사, 간호사, 사회복지사 등 주변 마을에서 수천 명이 왔다. 각료와 교사, 엄마와 아빠, 그리고 아기 들. 내 아들도 비행기를 타고 왔다. 그가 입구로 걸어 들어올 때 나는 울기 시작한다.

수술과 감염과 화학치료와 밑바닥까지 내려간 절망과 불안을 통과할 수 있도록 나를 추동했던 비전의 입구에 서 있다.

환희의 도시는 장소이지만 또한 개념이기도 하다. 콩고의 여성들로부터 자라났고, 그들의 욕망과 갈구로부터 형성되었다. 말 그대로 그들의 손으로 지은 것이다. 치유를 위한 안식처이자 혁명의 중심이다. 아무 날이든 여성들이 영어와 읽고 쓰는 법, 호신술, 컴퓨터 기술, 농업기술, 의사소통과 공민학^{civics}을 배울 수 있는 곳이다. 노래하고 춤추고 집단심리치료를 통해 상처를 치유하며 오전 시간을 보내고 마사지와 요리를 함께하며 하루를 마친다. 그들의 치유는 또한 힘과 능력을 갖추는 과정이기도 해서, 6개월 후 환희의 도시를 떠나면 그들은 자신이 배운 것을 각자의 사회에서 가르치는 지도자가 될 것이다. 그들의 기술과 훈련을 그렇게 퍼뜨림으로써 콩고 여성 지도자들의 네트워크가 확대되고 환희의 도시도 여기저기에 생겨날 것이다.

여기에 환희가 있을 것이다. 행복과 기쁨, 즐거움, 축복, 황홀경, 고양된 기분, 전율과 흥분이. 문으로 걸어 들어오면 이 환희가 생생하게 느껴질 것이다. 푸른 잔디밭과 여성의 목소리에서, 집에서 요리한 카사바와 고구마, 푸푸, 콩의 맛에서, 그리고 끝이 없을 것만 같은 북소리에 맞춰 감사하며 춤추고 또 춤추는 그들의 몸에서 알아볼 수 있을 것이다. 환희가 당신의 몸을 훑고 지나가고 환희를 만져서 느낄 수 있을 정도가 되면 문득 지금까지 이런 느낌을 가져본 적이 없음을 알게 될 것이다. 환희를 위해서는 자신을 버려야 하는 거니까. 그것은 감사로부터 자라나기 때문에 광적인 냉소주의와 불신이 있는 곳에는 존재할 수가 없다. 환희를 만져 느끼게 되면 문득 이것이야말로 당신이 지금까지 살면서 내내 찾아왔던 것이지만 그에 대한 갈망이 전부를 망라하는 것이라서 이것이 없다는 사실을 인정할 엄두도 못 냈던 바로 그것임을 알게 될 것이다.

새로운 도시의 입구에 서 있다. 나는 여전히 야위고 허약하다. 암으로 인한 전환의 마지막 단계에 있는 내 몸은 아직 온전히 마음대로 할 수가 없다. 모든 것이 끝났을 때 나는 어떤 사람일지, 어디에 살지, 심지어 남은 인생으로 무엇을 하고 싶은지 잘 모른다. 하지만 내 인생에 환희가 있으리라는 것은 확실히 안다.

행복한 고릴라 가족

고릴라를 보러 간 적이 한 번도 없다. 극심한 전쟁 통에 한 번도 마음 편히 여행해본 적이 없다. 여성들이 자유롭고 안전해지면 그때 여행을 하겠다고 말했었다. 환희의 도시 개관식 다음 날, 문득 이제 그럴 때가 왔다는 생각이 들었다. 아들을 데려가기로 했다. 아들 녀석은 고릴라를 좋아할 것이다. 그래서 우리는 마마 C의 남편 카를로스와 그들의 아들 데이비드와 함께 국립공원으로 차를 몰았다. 붉은 개미가 종아리를 쏘아대지 않도록 긴 양말과 부츠를 신어야 한다고 했다. 좀 괴로울 거라고 했다. 숲 속으로 들어가서 고릴라를 만날 때까지 걸어야 한다고, 금방 만날 수도 있고 몇 시간이 걸릴 수도 있을 거라고 했다.

나로서는 무엇이 더 무서운지 알 수가 없다. 붉은 개미인지 뱀인지 거미인지, 아니면 빽빽한 정글에서 길을 잃어 강간을 일삼는 민병대에게 붙잡히는 것인지. 아들이 겁을 먹게 만들기 싫어 나는 나의 공포를 열광으로 바꾼다. 춤을 추고 바위와 덩굴, 뿌리 위를 뛰어다닌다. 숲 속을 춤추며 간다. 그것은 바닥을 기어 다니는 벌레나 거머리를 피하기 위함이기도 하다. 콩고인 가이드가 두 명 있어서 거대한 도끼로 덩굴과 나무를 잘라 길을 낸다. 정글 속으로 더욱 깊숙이 들어가면서 그들이 젖은 잎을 쳐내고 또 쳐낸다. 진짜 정글. 이것이 바로 사람 손길이 가지 않은, 날 것 그대로 야생의 지구다. 꾸미고 살을 빼고 잘라내고 다듬기 이전의 어머니 지구다. 젖은 땅의 흙냄새, 나무의 푸른 산소, 단단한 흙바닥. 브렌트우드에 사는 아들 녀석이 공포심을 억누르느라 애쓰는 걸 알 수 있다. 갈수록 우스꽝스럽고 말도 안 되는 농담을 해대는 것이다.

이건 동화다. 사악한 살인자에게 엄마를 잃은 잘생긴 왕자가 정신 나간 계모에 이끌려 자신을 풀어줄 비밀을 찾으러 숲으로 들어간다. 나무가 여기저기 엉켜 자란 숲 속 깊이 들어가면서, 한편으로는 돌아가고 싶은 마음이지만 뭔가에 이끌려 점점 깊숙이 들어간다. 얼마 지나 이야기도 멈춘다. 너무 심하게 일하는 딱따구리와 개골개골하는 개구리, 쉬지 않고 울어대는 매미 등 숲의 불협화음이 그들의 존재를 가득 채운다. 아마 한 시간쯤 그렇게 들어갔을 때 가이드가 갑자기 걸음을 멈춘다. 잘생긴 왕자와 정신 나간 계모는 서로 끌어안는다. 가이드가 조용히 하라고 손짓하더니, 도끼를 쓰지 않고 손으로 조심스럽게 나무를 젖히며 천천히 언덕을 올라간다. 발끝으로 조심조심 걸어 작은 공터에 다다른다. 가이드가 뿌듯한 미소를 만면에 띠며 잘생긴 왕자와 정신 나간 계모에게 가까이 오라고 손짓을 한다. 바로 그곳, 숲 속 한가운데, 특별할 것도 없는 날 한낮에 말할 수 없이 행복한 고릴라 가족이 있다. 나이 지긋한 할아버지는 코를 골고 몸을 긁적이며 잠을 자고, 10대 고릴라는 나무에서 서커스를 하는 단원처럼 저 높이 덩굴을 잡고 그네를 탄다. 엄마는 바닥에 책상다리를 하고 앉아 있고, 그 품 안에서 젖을 빠는 갓 태어난 아기는 가장 단순하면서도 경천동지할 만한 손짓을 하고 있다. 웬 침입자들이, 뭔가를 찾는 무리가 다가오는 것을 보자 엄마 고릴라는 아무 생각도 주저함도 없이 그저 차분히 팔로 아기를 감싸 안는다. 왕자와 계모는 얼이 빠진 채 선다. 그들이 각자 평생 찾아온 것이 바로 이 단순한 동작이었다. 연약하기 짝이 없는 아기를 본능적으로 절대적으로 보호하는 엄마의 팔. 잘생긴 왕자와 정신 나간 계모, 두 고아는 서로 잡은 손을 꽉 쥔다.

제2의 바람은 당신에게서 온다

마치 이미 죽은 것처럼 살아라.

—선종의 충고 Zen Admonition

에센스가에 있다. 비가 내린 다음에.

암이 더 이상 생기지 않은 채 18개월이 지났다.

부카부 에센스가의 위기가 세계의 위기임을 안다. 정부가 곡물을 수출하면서 토착민은 굶주린다. 서구와 다른 세계가 그들의 풍부한 석유와 금, 구리, 콜탄, 주석 등을 약탈할 때 토착민은 하루에 1달러나 2달러(그것도 운이 좋다면)를 번다. 여성들은 어마어마한 짐과 자루, 가스통, 바구니 등을 나른다. 목숨을 잃을 수도 있는 상황에 놓이고 강간을 당한다.

이곳을 찾아올 때마다 억지로 에센스가를 뚫어지게 본다. 세세한 것에 주의를 집중하면서 말도 안 되게 달라진 모습, 능욕과 비참함을 하나하나 기록한다. 정말이지 눈을 돌리고 싶은 마음 간절하지만, 눈을 돌리지 않는다. 에센스가는 찌는 듯 덥다. 사람이 가득하고 어떻게 해볼 수가 없다. 이곳 사람은 대부분 폭력을 피해 도망쳤다. 거의 모두가 자신의 집을 버린 것이다. 대부분 심리적 외상에 시달리고, 본래 자리에서 쫓겨나 고아처럼 굶주리고 있다. 에센스가가 내 안을 태울 듯이 이글거린다.

에센스가나 그와 비슷한 거리가 왜 그렇게 세상에 많이 있는지 생각할 때마다 내가 아주 격렬한 환상에 사로잡히지 않는다고 한다면 그건 거짓말일 것이다. 파렴치한 탐욕, 더 많이 갖겠다는 갈망, 모든 걸 가진 한 줌밖에 안 되는 사람들과 아무것도 가진 것 없는 사람들을 생각한다. 분노가 끓어오르는 중에 기업들, 산업이라는 이름의 파괴자들, 강간범들, 썩어빠진 지도자들과 오만하고 무신경한 부자들을 완전히 몰아내는 것을 상상한다. 언젠가는 그것 말고는 달리 방법이 없으리라 생각한다. 권력을 쥔 그 누구도 자발적으로 자신이 소유한 주식과 꿈을 내어주지 않을 것이다. 폭력을 끝내기 위해 내 평생을 바쳤으면서 어떻게 그렇게 그런 살인적인 환상에 사로잡힐 수 있는지 스스로 해명하려 애쓴다. 그리고 내가 생각할 수 있는 유일한 대답 또한 에센스가에 있다. 환희의 도시. 그곳에 갈 때마다 우리가 새로운 삶의 방식을 건설할 수 있음을, 새로운 세계를 세우고 새로운 패러다임을 낳을 수 있음을 다시금 깨닫는다.

콩고민주공화국의 전쟁을 어떻게 끝낼 수 있을지는 모른다. 어디까지가 정부이고 어디서부터 기업인지도 알 수 없다. 당신의 휴대폰에 사용된 콜탄을 채굴하는 일과 잔이 마을에서 강간당하는 일이 정확히 어떻게 연결되는지 보여줄 수도 없다. 유엔 안보리나 사무총장을 어떻게 설득하거나 움직일지, 유럽이나 영국이나 캐나다의 국회, 혹은 영국 총리관저나 백악관을 어떻게 설득하거나 움직일 수 있을지도 알 수 없다. 그 모든 곳을 격분하여 찾아다녔지만 매번 모든 게 무산되어 갈피를 잡을 수 없는 상태로 그곳을 나섰다. 전범들이나 약탈적 기업들을 어떻게 잡아넣을 수 있을지 알 수가 없다.

하지만 내가 분명히 아는 것은 환희의 도시에 들어서는 순간 모든 것이 가능할 것 같다는 것이다. 무척이나 깨끗하고 푸르다. 진흙에서 피어나는 연꽃처럼. 새로운 시작, 새로운 세계의 건설에 대한 은유다.

환희의 도시에서 지켜지는 열 가지 원칙 중 세 가지는, 진실을 말할 것, 구조 되기를 기다리지 말 것, 자신이 가장 원하는 것을 내어줄 것이다.

환희의 도시에서라면 나는 알 수가 있다. 텔루시아와 잔, 푸르던스를 어떻게 껴안아줘야 하는지, 자신들에게 일어난 수치스러운 일이 자신들의 수치가 아니므로 시선을 돌리지 말라고 어떻게 이야기해줘야 하는지 안다. 어떻게 이야기를 들어주고 어떻게 질문을 계속해야 하는지 안다.

어떻게 함께 울어야 하는지도 안다. 내가 콩고의 여성들을 사랑하고 내 마음을 닫지 않으면, 그 사랑이 길을 내고 계획이 생겨나고, 돈과 필요한 모든 것을 구할 수 있으리라는 것도 안다. 사랑은 그렇게 할 수 있으니까.

암이 생긴 순간은 죽는 일만 빼고 내가 갈 수 있는 가장 극단까지 갔던 때였다. 그리고 암이 거기에, 그 맨 끝에 매달린 채 있었고, 중요하지 않은 건 모두 보내버려야만 했다. 과거를 풀어주고 가장 본질적인 문제만 남기고 다 타버려야 했다. 바로 그 지점에서 나는 제2의 바람을 발견했다. 이제는 정말 끝이라고 생각할 때, 이제는 더 이상 한 걸음도 더 디딜 수 없고 숨 한 번 더 쉴 수 없다고 생각할 때 제2의 바람이 찾아온다. 그러면 정말 한 발짝 더 움직이고 숨 쉬게 되는 것이다.

환희의 도시는 계곡에 자리 잡고 있기 때문에 공기가 항상 신선하다. 때로 늦은 오후에 여성들의 노랫소리가 잦아들면, 바람이 불어온다. 깨끗하고 달콤한 바람이. 나는 바람을 믿는다. 바람은 가루받이를 하고 이런저런 것들을 옮겨놓는다. 우리의 더위를 식혀줄 수도 있다. 전기를 만들 수도 있고 씨를 흩뿌리기도 한다. 허리케인이나 회오리바람, 태풍이 될 수도 있다. 나뭇잎을 살랑살랑 흔들기도 한다. 공중으로 솟구쳐 오를 수 있으니 우리가 일어나도록 도와줄 수도 있다.

제2의 바람, 제2의 인생을 갖는다는 건 무슨 의미일까? 그건 불이 났을 때 '불이야'라고 외치는 것을 의미한다. 내 몸통 한가운데를 타고 내려가는 지진 같은 흉터에서, 암이 간에 생겼을 가능성이 많다고 알려주는 첫번째 스캔에서, 어둠을 직접 만지고 그 안으로 들어가 죽음을 맛보는 것을 말한다. 제2의 바람 역시 우리의 공포를 불사르는 불이기 때문에 나는 여전히 불타고 있다. 어떤 것도 두려워할 수가 없다, 그 어떤 것도. 다가오는 사람은 우리 말고는 아무도 없다.

제2의 바람은 뭔가를 갖게 되거나 얻거나 사거나 획득하는 문제가 아니다. 그것은 모든 것을 포기하는 것, 당신이 가지고 있다고 생각하는 것보다 더 많이 주고, 받은 것의 두 배를 주는 것이다. 당신에게 다가오는 것은 지금까지 알아왔던 무엇과도 다르다. 당신이 죽는 일, 내가 죽는 일은 다른 것과는 무관하지만 필연적이고 불가피하다. 하지만 두려워하지 마라. 죽음은 우리의 끝이 아니다. 무관심이 끝일 것이다. 떨어져 나가는 것이 끝일 것이다. 부수적 피해, 즉 군사작전으로 발생하는 민간인의 인적·물적 피해와 극지에서 녹아내리는 만년설, 끝없는 기아, 대규모 강간, 말이 안 될 정도의 재산이 끝일 것이다. 동떨어져 존재하는 것이 아니라 자신이 강의 일부임을 아는 사람들로부터 변화는 생겨날 것이다. 당신의 질병을 이겨내고 싶다면 아픈 사람에게 손을 내밀어라. 배고픔을 잊고 싶다면 친구에게 먹을 것을 줘라. 세균을 걱정해서 약초를 산더미처럼 쌓아놓은들 그것이 당신을 구하지 못할 것이고, 화려한 집과 담으로 둘러싼 마을도 당신을 구하지 못할 것이다.

우리를 구원할 유일한 것은 선함이다. 유일한 탈출구는 배려다. 제2의 바람은 땅으로부터, 우리의 지구로부터 올 것이다. 먼지 태풍처럼 일어날 것이다. 세상 사람 대부분이 살고 있는 도시의 어느 구역이나 빈민 지역, 눈에 보이지 않는 곳이나 어느 구석으로부터 갑자기 나타날 것이다. 거리는 살아 있으니까. 200파운드 자루를 둘러멘 여성은 살아 있고, 춤을 추니까. 제2의 바람은 여자아이들로부터 생겨날 것이다. 여자아이들, 그 아이들로부터. 그곳이 그들 안에 있고 그들의 것이니까. 이 바람이 모든 것을 가져갈 것이다. 그리고 그런 것 없이도 살 수 있는 당신이 살아남을 것이다. 벌거벗고 살 수 있는 당신, 은행계좌도 정해진 미래도, 심지어 집이라고 부를 만한 곳도 없는 당신이. 그런 것 없이 살 수 있고, 여기, 그곳이 어디가 되었든 바로 여기에서 의미를 찾을 수 있는 당신이. 변화가 단 하나의 목적지임을 아는. 우리가 가는 곳이 단 하나의 항구임을 아는. 제2의 바람은 당신이 필요하거나 가장 원한다고 생각하는 것을 빼앗아 갈지도 모른다. 당신이 무엇을 잃었는지, 그리고 어떻게 잃었는지가 당신이 살아남을 수 있을지를 결정할 것이다.

나는 내 장기를 잃었고 어떤 때는 정신도 나가버렸다. 약탈품을, 이 지구를 멋대로 차지해 빼앗아 가는 사람들과, 나머지 우리의 겨룸임을 안다. 나는 자선을 경멸한다. 그것은 몇몇에게 빵부스러기를 던져주고 나머지의 입을 막아버리는 일이다. 지금 할 일을 다 하지 않으면 다른 방법은 없을 것이다. 쳇바퀴에서 내려올 자 누구인가? 숲 속에, 빈민 주택단지에, 시끄럽고 비좁은 도시에 살면서 등에 고통의 자루를 지고 배고픈 아기에게 젖을 물리는 여성들, 셈에 포함되지는 않지만 그 노동과 힘이 세계를 떠받치는 그 여성들과 함께할 사람은 누구인가? 누가 그들의 곁에 서서 그들이 언제나 길을 알았음을 믿어줄 것인가? 몇 달 전에 화학약품이 그랬던 것처럼 세계가 내 혈관 안에서 이글거리며 타오른다.

계산하는 건 그만두고 바로 행동을 시작하라고 감히 당신에게 말한다. 남들 비위 맞추는 일은 그만하고 저항하라고. 자신이 알고 있는 것을 믿으라고. 제2의 바람은 데이터 바깥의 것이다. 고통도 넘어선다. 그것은 가해자들의 독극물을 완전히 씻어낸 남녀, 묵묵히 걸어 암과 그 악몽을 벗어난 그들의 혈액과 세포 안에서 찾을 수 있다. 제2의 바람은 당신의 몸으로부터 온다. 당신의 입안에 있고 당신의 엉덩이를 움직이는 그 몸짓에 있다.

지금 모든 비전이 필요하다. 모든 본능이 깨어나야 한다. 바람은 돌아서지 않는다. 모든 것을 관통해 지나갈 뿐. 두려워하지 마라. 이기고 지는 것은 이제 없다. 우리는 이미 졌으니까. 소위 승리자들조차 그렇게 느낀다. 그 때문에 그들이 자기 파괴를 멈출 수 없는 것이다. 이기고 지는 쳇바퀴에서 내려와라. 물론 위험 요소가 있다. 물론 위험하기도 하다. 당신을 위해 이 일을 수월하게 만들 수 있으면 좋겠다. 잃을 것은 아무것도 없다고 말할 수 있으면 좋겠다. 모든 것을 버려라. 거기서 시작하는 것이다. 어느 쪽으로 움직여야 할지, 누구를 데리고 가야 할지는 여러분 각자가 알 것이다. 도착하면 다른 사람들을 알아볼 수 있을 것이다. 원을 만들고 내면의 목소리에 귀 기울여라. 그리고 그들이 와서 "이것밖에는 방법이 없습니다. 어차피 일부만 이득을 보게 되어 있어요. 기름이 필요해요. 땅에 구멍을 뚫어야 하고 수압 파쇄도 해야 하고 원자로와 역청탄, 콜탄과 석탄도 있어야 합니다"라고 말하거든 당신의 원 안에 꼭 붙어 있어야 한다. 원 안에서 춤을 추고 노래를 불러라. 손과 손을 맞잡아라. 안락함을 내주어라. 기쁜 마음으로 끝까지 가야 한다. 기꺼이 왕국을 버리고 보물을 내주어야 한다.

우리는 제2의 바람의 사람들이다. 약해지고 줄어들고 작아진 우리는 우리가 누군지 안다.

빼앗아 가려거든 빼앗아 가라 하자. 그 대신 우리의 고통을 힘으로, 우리의 희생을 타오르는 불로, 우리의 자기혐오를 행동으로, 우리의 자기강박증을 봉사로, 불로, 바람으로 바꾸자. 바람. 바람. 바람처럼 투명해지고, 바람처럼 무자비하고 위험하면서 모든 것을 가능하게 하자. 어떤 흔적도 남기지 않고 앞으로 밀어내는 힘이 되자. 어딘지 모르는 곳에서 시작되어 계속 솟아오를 수밖에 없는 이 분자 무리의 일부가 되자. 솟아오르는, 솟아오르는, 솟아오르는.

● 감사의 말

거의 40년 동안 나의 든든한 지지자였던, 내게는 무척 소중한 샬롯 쉬디에게 감사한다. 여기 적힌 이야기를 다 들어주고 일찍부터 나를 믿어준 데 대해서.

마치 외과의사의 솜씨처럼 꼼꼼하게 정성을 다해 이 책을 편집해주고 내게 용기를 불어넣어 준 프랜시스 코디에게 감사한다.

진심으로 이 책을 믿어 준 메트로폴리탄 출판사의 사라 버쉬틀과 다른 모든 이에게 감사한다.

나를 찾아와주고 사랑해줌으로써 나를 다시 살게 한 모든 친구와 가족에게 감사한다. 팻 미첼, 캐롤 블랙, 제임스 르세스느, 폴라 앨런, 킴 로즌, 올리비어 메벨, 다이애나 드 베이, 마크 마투섹, 캐서린 엔슬러, 아디사 크루펠리자, 데이비드 라이블, 해나 엔슬러-라이블, 제인 폰다, 데니스 무퀘기, 크리스틴 슐러-디쉬베어, 우루버쉬 바에드, 로라 플랜더즈와 엘리자베스 슈트렘, 나오미 클라인과 아비 루이스, 스티븐 루이스, 에이미 굿맨, 라다 보리치, 니콜레타 빌리, 마리 세실 르노, 마리 아스트리드 페리머니와 알렉시아 페리머니, 도나 카란, 케리 로스, 에밀리 스캇 파드럭, 제니퍼 버핏, 베스 도조레츠, 멜러디 협슨, 캐서린 맥페이트, 린다 포우프, 에이미 라우, 셜리 샌드버그, 리자 쉬줄라 에이큰, 조디 에반스, 엘리자베스 레서, 앤드류 하비, 커티스 엔슬러, 낸시 로즈, 조지 레인, 데이비드 스톤, 프랭크 실바지, 케리 워싱턴, 로자리오 도우슨, 글렌 클로즈, 푸르바 판데이 쿨만, 수잔 실리아 스완, 시실 립워스, 해리엇 클락, 모니크 윌슨, 로사나 아부이바, 시바 로즈, 브렌다 커린, 주디 코코런, 몰리 카와치, 폴라 마주어, 마리 호우, 그리고 수 그랜드.

말 그대로 내 생명을 구해주고 나를 원상태로 돌려놓은 모든 의사와 치료사에게 감사한다. 루이스 캐츠, 뎁 로즈, 에릭 도조이스, 아일런 슈피라, 존 카울로스, 조셉 마츠.

매요 클리닉과 베스 이스라엘의 간호사들에게 감사한다. 특히 매요의 새라와 론다, 모니카에게, 베스 이스라엘의 엘리자베스, 리자이나, 다이앤에게.

내 몸이 가장 취약한 상태일 때 나를 보호해주고 치료해준 여성들인 메리앤 트래블리언, 루스 펀바이앤, 디어드리 헤이드, 메리앤 사버리지.

맛있는 요리로 줄곧 내 입맛을 돋구어준 바시아.

팔을 걷어붙이고 나서서 그 모든 일을 이룰 수 있게 도와준 나의 브이데이 팀원들, 칼 쳉, 케이트 피셔, 쉘 노리스, 니키 노토, 에이미 스콰이어즈, 로라 웰러리잭.

나를 위해 기도해주고, 선물과 이메일, 꽃과 카드를 보내준 모든 친구와 활동가와 가족.

내 아들, 딜런 맥더멋. 손녀 코코와 샬롯 맥더멋. 내 가족, 내 사랑.

냉찜질 수건과 알약, 아이러니와 용기를 주며 언제나 거기에 있어준 토니 몬티니어리와 로라 엔슬러.

콩고의 여성들, 당신들은 나의 힘이자 내가 사는 이유입니다.

이브 엔슬러는 〈버자이너 모놀로그〉(1996)로 잘 알려진 작가다. 처음에는 자신이 직접 공연을 했지만 이후로는 우피 골드버그나 수잔 서랜든 등 다른 유명 배우들이 공연을 했고, 세계 각국에서 공연은 계속되고 있다. 여성의 몸 중에서도 굳이 '버자이너'를 주제로 삼는 이유는 그것이 사회적 통념에 의해 수치스럽거나 숨겨야 할 존재처럼 취급되는 동시에 사회적·개인적 폭력에 무방비 상태로 노출된 존재이기도 하기 때문이다. 따라서 '버자이너'가 하는 이야기는, 금기처럼 여겨지는 자신의 몸을 알아가고 그로부터 즐거움을 얻는 일부터 시작해서 일상적으로 겪는 폭력적인 의술, 가족이나 친지에 의한 성폭력, 전쟁 중 여성에게 가해지는 폭력까지를 아우른다. 전세계를 돌며 많은 여성과 그들의 몸에 관해 이야기를 나누었고, 그러는 중에 너무나 많은 여성의 고통스러운 현실을 목격했기에 그녀는 극작가만이 아니라 언제나 활동가일 수밖에 없었다. 여성에 대한 폭력을 막기 위해 '브이데이'라는 운동을 창설해 다양한 운동을 벌이고 있는데, 그 운동의 일환인 '10억 여성이 일어나'의 10억이란, 전 세계에서 세 명에 한 명, 그래서 대략 10억 명의 여성이 일생에서 적어도 한 번은 강간이나 폭행을 당한다는 유엔 통계를 근거로 한다. 다른 경로를 통해 이미 알려진 것처럼 여성의 몸에 가해지는 폭력에 대한 그녀의 관심은 어렸을 적 아버지에 의한 성폭력의 아픈 기억에서 기인한다. 그 기억이 다른 여성들의 몸과 그 몸에 가해지는 상처에 관심을 갖도록 한 것이다.

『절망의 끝에서 세상에 안기다』는 그녀가 평생을 바친 여성의 몸에 대한 관심의 연장선상에 있지만, 특히 엔슬러가 암 판정을 받고 7개월 동안 겪은 고통스러운 치료의 과정을 적은 것이다. 그러나 그 과정은 오히려 그녀로 하여금 단지 여성의 몸만이 아니라 세계의 몸과 조우하며 그것과 연결되는 과정이기도 했다. 암 투병을 하면서 그녀는 전 세계를 돌며 여성들을 위해 일하고 싸웠던 삶이 여전히 이 땅과 세계와는 분리된 삶이었음을 깨닫게 된다. 아버지에 의한 성폭행과 어머니의 방관으로 트라우마처럼 생겨난 몸에 대한 배척은 그녀로 하여금 다른 여성들의 삶에 관심을 보이고 그것을 위해 평생을 바치도록 하기는 했지만, 어떤 면에서 그것은 오히려 죽음에 대한 충동과도 같이 자신의 몸을 내던져버리는 일이기도 했다. 그것이 자신의 몸으로, 세계의 몸으로 가는 길을 열어주지는 않았던 것이다. 그런데 몸을 찌르고 째고 쑤시는 온갖 행위가 이루어지는 수술과 치료의 과정 중에 그녀는 그렇게 부정하고 싶었던 자신의 몸을 강렬하게 인식하게 되고, 더 나아가 그 몸과 연결되어 있는 다른 몸들과 세계라는 몸을 인식하게 된다.

이 책을 스캔이라는 컴퓨터 단층촬영 방식으로 구성하고 있는 것도 그러한 연결을 효과적으로 보여주는 방식이다. 암 판정을 받았을 때부터 치료가 끝났을 때까지의 과정을 시간적으로 따라가기는 하되, 매 순간들은 과거의 사건들과 중첩되고 이 세상의 다른 몸들, 그리고 세상이라는 몸과 중첩된다. 그리고 그러한 과정을 통해 자신이 상실한 관계, 그 연결점을 찾아가는 것이다. 그 과거에서 두드러지는 것은 어렸을 때 아버지로부터 받은 성폭력과 콩고 여성들이 겪는 폭력이다. 어렸을 때의 상처를 치유하기 위해서는 아버지와의 대면이 필요했지만 아버지는 그것마저 철저히 거부했을 정도로 이기적인 사람이었다. 하지만 책의 첫 문장이 몸을 맞댄 엄마와 아기라는 점에서 알 수 있듯 그것은 무엇보다 사태를 방관하고 줄곧 아버지의 편만을 들었던 엄마로부터 나온 상처이기도 했으므로 갈라진 틈을 건너 다시 이어지는 과정은 어머니와의 화해를 통해 이루어진다. 엄마 편에서는 어떠한 사과나 이해의 말도 없었고 따라서 엄마와의 마지막 만남에서도 여전히 서운함이나 분노를 느낄 수 있지만, 엔슬러는 연민으로 엄마를 용서한다. 이와 달리 콩고 여성들이 겪어온 말로 형언할 수 없을 정도의 폭력은 당연히 집단적인, 혹은 공동체적인 방식의 치유가 필요하다. 아니, 그것은 치유라기보다는 새로운 삶의 모색이다. 그 때문에 '환희의 도시'는 세상의 폭력에 맞서 싸우는 과정 중에서 여성들 자신이 만들어가는 대안적 삶이다.

과거를 되짚으며 끊어졌던 선을 이어나가는 작업과 함께 엔슬러는 자신의 몸이 이 세상에서 벌어지는 일들과 긴밀히 엮여 있음을 깨닫는다. '몸 안의 검은 웅덩이 그리고 멕시코 만 기름 유출'이라는 장이 대표적인데, 내부 파열이 생겨 복강 내 농양이 들어찬 일과 멕시코 만에 기름이 유출된 사고가 공교롭게도 같은 날 발생했고, 그래서 농양을 빼내는 과정과 기름을 제거하는 과정이 계속 겹쳐서 서술된다. 이는 우리가 몸이 아니라 머리나 관념으로 살면서 부정해온 사실, 즉 우리가 이 땅의 모든 살아 있는 것과 밀접하게 연결되어 있음을 생생하게 보여준다.

멕시코 만 기름 유출이나 여성의 몸에 대한 침탈과 함께 벌어지는 콩고의 광물 약탈 등이 때로는 읽기 버거울 정도로 고통스러운 면모로 세상의 몸과의 접점을 보여준다면 '나무'에 대한 장은 근원적인 방식으로 우리가 세상에 연결되어 있음을 보여준다. 병실 창밖의 나무, 매일 보고는 있지만 사실 보았다고 할 수 없는 나무가 문득 정말로 눈에 들어온 그 순간, 그리고 이후로 함께 보낸 시간은 고통스러운 현실에도 우리의 삶을 지탱해주는 근원적인 생명력이다. 인간의 지속적인 파괴에도 스스로를 지속해가는 땅의 회복력이 곧 엔슬러가 힘겨운 시간을 딛고 버텨낸 힘이자 콩고 여성들이 보여준 투지와 생명력인 것이다.

『절망의 끝에서 세상에 안기다』를 읽는 동안 우리는 엔슬러의 몸이 7개월 동안 겪은 힘겨운 과정과 더불어 그녀가 말한 대로 긴 세월동안 자신의 몸 속에 말 그대로 내화된 많은 여성의 고통을 너무나 생생하게 '체험'하게 된다. 그러니까 이 책은 단지 몸에 대한 책이 아니라 몸으로 읽는 책이다. 그러면 결국에는 모든 것을 이겨낸 엔슬러의 약하지만 강인한 몸과 그녀가 몸을 부딪치며 함께하는 '환희의 도시'의 축제를 또한 우리의 몸으로 직접 '체험'하게 될 것이다.

2014년 12월
정소영

옮긴이 **정소영**

전 용인대학교 교수. 마음의 울림과 공감이 있는 좋은 책을 사람들과 함께 나누
고 싶어 현재는 번역 일에 전념하고 있다. 옮긴 책으로 『사랑의 길』 『일곱 박공의
집』 『미국, 변화인가 몰락인가』(공역) 등이 있다.

절망의 끝에서 세상에 안기다
: 암을 치유하며 써내려간 용기와 희망의 선언

© 이브 엔슬러, 2014

초판 1쇄 인쇄 2014년 12월 11일
초판 1쇄 발행 2014년 12월 24일

지은이   이브 엔슬러
옮긴이   정소영
펴낸이   강병철
주간   정은영
편집   임채혁, 이수경
저작권   김지영
제작   이재욱
마케팅   이대호, 최형연, 전연교, 이현용
홍보   김선미

펴낸곳   자음과모음
출판등록   1997년 10월 30일 제313-1997-129호
주소   121-840 서울시 마포구 서교동 396-33번지
전화   편집부 02) 324-2347 경영지원부 02) 325-6047
팩스   편집부 02) 324-2348 경영지원부 02) 2648-1311
이메일   inmun@jamobook.com
커뮤니티   cafe.naver.com/cafejamo

ISBN 978-89-5707-827-3 (03840)

잘못된 책은 교환해드립니다.

이 도서의 국립중앙도서관 출판예정도서목록(CIP)은 서지정보유통지원시스템 홈페이지
(http://seoji.nl.go.kr)와 국가자료공동목록시스템(http://www.nl.go.kr/kolisnet)에서
이용하실 수 있습니다.(CIP제어번호: CIP2014034620)